楚 辞

屈 原◎著

北方妇女儿童出版社

目录

序

中华民族要实现伟大复兴，必须有凝聚力。凝聚力的基础是人民具有民族自尊心、自信心，而民族自尊心、自信心的根本来源于对民族文化优秀传统的明确认知。

值得欣慰的是，博大精深的中华传统文化，蕴含着丰富的精神资源。生生不已的变易之道，居安思危的忧患意识，富贵不淫、贫贱不移的大丈夫气概，民为邦本的政治哲学，正德、利用、厚生相统一的精神物质兼顾的文明观，等等，都是开启今人智慧、滋养今人心灵的营养。

为了适应全民阅读的需求，我们本着以弘扬传统文化、传承中华文明为宗旨，精心设计了这套深入浅出，今古相合，适合全民阅读和理解古代先贤智慧的《中华国学经典全民阅读书库》。

本书特点鲜明，以采用多视角、多元化、多维度的图解式为启动引擎，每册图书分为六大版块：阅读图解、观古阅今、辅导讲坛、原典新释、古韵体验和延伸阅读；通过这些版块，详细生动地从不同功用上对丛书之每一国学经典进行全方位的介绍，辅助读者理解古籍中生僻难解之处，有益于在古诗文学习上的理解和提高。

国学，作为一种历史、一种传统、一种文化、一种非物质文化遗产，它所蕴藏的经验、智慧和启示，穿越时空延展至今。我们用它来化解心灵的危机，解释当下的生存困境，救赎迷惘的灵魂。我们正处在现代化进程中，需要从古籍中发掘中华民族固有的传统文化基因作为促进社会进步的重要支撑点，这正是全民阅读国学重要性之所在。

国学流传了几千年，不腐更不会朽，它是清新而流动的活水，万古长青，生机盎然。有鉴于此，我们组织学术界的一流专家，编辑了这套图书，以飨读者。

编者

2015 年 3 月

阅读图解

Yue Du Tu Jie

楚辞

阅读结构图解

No.1
阅读图解：这部分内容用和谐的色彩和图形来对本书作者、历史影响等内容进行解读，简单、清晰、直观，有利于读者轻松把控和阅读本书。

No.2
观史阅今：这部分包括本书的历史传承、影响，以及本书的历史地位、作用、意义等内容，起到点睛之笔的作用，能够让读者做到对经典著作的深入和精细化阅读。

No.3
辅导讲坛：用简短、精炼的语言对每一篇的内容进行概括、总结，以期读者更加快速地从宏观角度掌握本书的主要内容。

No.5
古韵体验：用体验的方式阅读，具有亲历性和验证性，当把书籍的内容用在实际中，是活学活用，也是学以致用，《楚辞》对我们理政、经商、治学、教育等均有广泛用途，有针对性地用在实践中，是我们阅读的目的。

No.4
原典新释：选取和本书相关的人物、图书、影视以及经典的词句、思想等内容，以增加读者的文化积淀，拓宽视野，培育创造力。

No.6
延伸阅读：这部分内容包括原典、注释、译文和铭记链接，侧重对原典的正确解读，注释译文力求简明准确，链接知识紧扣文本，重在凸显原典主旨，弘扬传统文化。

阅读提纲图解

1.《楚辞》是中国第一部浪漫主义诗歌总集和骚体类文章的总集。全书以屈原作品为主，其余各篇也都承袭屈赋的形式，感情奔放，想象奇特。

2.《楚辞》在中国诗史上占有重要的地位。它的出现，打破了《诗经》以后两三个世纪的沉寂而在诗坛上大放异彩。

原文部分参照多家白话文本及诸家注、疏、笺、校本，文章经梳理后，以中国现代标点符号标明句读，以方便读者阅读。

注释部分是对古今异义（异音）、生僻、难解等词语进行注释，力求准确严谨，古今相通，简洁明白，便于读者阅读。

中华国学 经典全民阅读书库

九　辩

原文

谓骐骥兮安归？
谓凤皇兮安栖？
变古易俗兮世衰，
今之相者兮举肥①。
骐骥伏匿而不见兮②，
凤皇高飞而不下。
鸟兽犹知怀德兮，
何云贤士之不处③？

注释

①相者：相马的人。相：鉴赏。举肥：挑选肥马。动物的优劣不在肥瘦，讽刺当权者选才只看表面。
②伏匿：隐藏。
③不处：不留在朝廷里。

3.《楚辞》对整个中国文化系统有不同寻常的意义，特别是文学方面，它开创了中国浪漫主义文学的诗篇，令后世因称此种文体为“楚辞体”、骚体。

4.《楚辞》对中国文学的发展有极其深广的影响，几乎每个文学领域，各个不同的体裁的文学都不同程度存在它的身影。

楚辞

译文

骏马归宿在哪里？
凤凰何处把身栖？
古风变易世道衰，
如今相马看肥姿。
骏马隐藏不愿见，
凤凰高飞不落地。
鸟兽都知怀恩德，
怎怪贤士远别离？

译文部分参考诸家注、疏、笺、校本，以现代白话的形式解说文言文原文，以帮助现代读者理解原文，明白其意思。

经典语录

1. 路曼曼其修远兮，吾将上下而求索。
2. 惟草木之零落兮，恐美人之迟暮。
3. 长太息以掩涕兮，哀民生之多艰。
4. 民生各有所乐兮，余独好修以为常。虽体解吾犹未变兮，岂余心之可惩。
5. 身既死兮神以灵，魂魄毅兮为鬼雄。
6. 亦余心之所善兮，虽九死其犹未悔。
7. 吾不能变心以从俗兮，固将愁苦而终穷。
8. 世溷浊而不清：蝉翼为重，千钧为轻；黄钟毁弃，瓦釜雷鸣；谗人高张，贤士无名。
9. 伏清白以死直兮，固前圣之所厚。
10. 举世皆浊我独清，众人皆醉我独醒。

……

经典语录是对文章内涵的延伸，所选内容和名言都是本书中知名度最高、对后人启发最深刻的，能够拓展读者视野，加深读者记忆，提高阅读质量。

作者年谱图解

前 340 年	屈原出生。
约前 329—约前 299	屈原任左徒官职。
前 299 年	屈原回到郢都，秦昭王诱骗楚怀王去秦（今陕西咸阳）会盟，昭睢、屈原等大臣反对怀王去秦，却遭子兰等人的诬陷。
前 313 年	秦国破坏齐楚联盟。
前 304 年	屈原奉命出使齐国重修齐楚旧好。
前 305 年	屈原遭到了第一次流放，流放到了汉北地区。

秦又攻楚，取楚八城。屈原此时已从汉北的流放地返回，趁这形势，秦昭王“邀请”怀王在武关相会。屈原和昭雎等一起，力劝怀王不要赴会。

前 299 年

屈原第二次被流放到南方的荒僻地区。

前 293 年

秦白起攻楚，取邪、邓、西陵。

前 279 年

白起攻下郢都，顷襄王逃难。

约前 278 年

屈原于农历五月五日投汨罗江自尽，当时 62 岁左右。

约前 278 年

屈原还被列为世界四大文化名人之一，受到世界和平理事会和全世界人民的隆重纪念。

1953 年

作者生平

屈原（约前339—前278），名正则，字灵均，一名平，字原，楚武王熊通之子屈瑕的后代。汉族，东周战国时期楚国丹阳（今湖北省宜昌市秭归县）人。他创立了“楚辞”，也开创了“香草美人”的传统。继吴起之后，在楚国另一个主张变法的政治家就是屈原。

战国时期楚国贵族出身，任三闾大夫、左徒，兼管内政外交大事。他主张对内举贤能，修明法度，对外力主联齐抗秦。后因遭贵族排挤，被流放沅、湘流域。公元前278年秦将白起一举攻破楚国首都郢都。忧国忧民的屈原在汨罗江怀石自杀，端午节据说就是他的忌日。他写下许多不朽诗篇，在楚国民歌的基础上创造了新的诗歌体裁楚辞。他开创了诗歌从集体歌唱转变为个人独立创作的新纪元，是我国浪漫主义诗歌的奠基人，我国第一位伟大的爱国主义诗人，世界四大文化名人之一。

主要作品有《离骚》、《九章》、《九歌》等。他创造的“楚辞”，与《诗经》并称“风骚”二体，对后世诗歌产生深远影响。

成书时间

《楚辞》是中国第一部浪漫主义诗歌总集和骚体类文章的总集。“楚辞”的名称，西汉初期已有之，至刘向乃编辑成集。东汉王逸作章句。原收战国楚人屈原、宋玉及汉代淮南小山、东方朔、王褒、刘向等人辞赋共十六篇。后王逸增入己作《九思》，成十七篇，书中充满了大量道家的气质与哲学思想。全书以屈原作品为主，其余各篇也是承袭屈赋的形式。以其运用楚地（注：即今湖南、湖北、安徽西部一带）的文学样式、方言声韵和风土物产等，具有浓厚的地方色彩，故名《楚辞》。

《楚辞》经历了屈原的作品始创、屈后仿作、汉初搜集、至刘向辑录等历程。成书时间应在公元前26年至公元前6年间。刘向《楚辞》原书早亡，后人认为保留最完整的东汉王逸《楚辞章句》、宋洪兴祖《楚辞补注》（《楚辞章句》的补充）追溯、揣测原貌。

关于成书过程，历来说法众多，较有代表性的是汤炳正的蠡测。20世纪60年代，汤炳正依据《楚辞释文》的目录篇次，在其著作《屈赋新探》的《〈楚辞〉成书之探索》一文中提出五个阶段论：第一个阶段，只有屈原《离骚》、宋玉《九辩》二篇的合集，凡二卷。纂成时间，当在先秦。其纂辑者或即为宋玉。第二个阶段，是在屈、宋合集基础上增加《九歌》《天问》《九章》《远游》《卜居》《渔父》《招隐士》七篇，凡九卷。增纂时间，当在西汉武帝时。增纂者为淮南王宾客淮南小山辈，或即为淮南王刘安本人。第三个阶段，是在九卷本的基础上增加《招魂》《九怀》《七谏》《九叹》四篇，凡十三卷。增辑的时间，当西汉元、成之世。增辑者即为刘向。第四个阶段，是在十三卷本的基础上增益《哀时命》《惜誓》《大招》三篇，凡十六卷。增辑时期当在班固以后、王逸以前。增辑者不是一人一时，而是在较长的时间里由不同的人一篇一篇地增辑起来的，增辑者已不可考。第五个阶段，“就是后世流传的王逸《楚辞章句》十七卷。把《九思》附入《楚辞章句》的，乃王逸自己；其叙及注文，乃后人所为”。汤炳正的结论，曾获不少学者支持，并一段时间内屡被引用。然而，他的推论基础仅仅是五代王勉《楚辞释文》的目录篇次，有孤证之嫌，而即使是《楚辞释文》的目录，也并非绝对可靠，因此，只能是一种猜测。也因此，1999版及2011年版的《辞海》皆只言“刘向乃编辑成集，原收战国楚人屈原、宋玉及汉代淮南小山、东方朔、王褒、刘向等人辞赋共十六篇。后王逸增入己作《九思》成十七篇。”本书只编录了屈原的著作部分。

名家点评图解

“像水银泻地，像丽日当空，像春天之于花卉，像火炬之于黑暗的无星之夜，永远在启发着、激动着无数的后代的作家们。”

——郑振铎

“皆书楚语，作楚声，纪楚地，名楚物”。

——宋代黄伯思

《离骚》兼有《国风》、《小雅》之长，它体现了屈原“浮游尘埃之外”的人格风范，可“与日月争光”。

——刘安

后汉的王逸盛赞屈原“膺忠贞之质，体清洁之性，直如石砥，颜如丹青；进不隐其谋，退不顾其命，此诚绝世之行，俊彦之英也”。

“仆夫悲余马怀兮，蜷局顾而不行”云，此乃是屈原“托为此行，周流上下，而卒返于楚焉；亦仁之至，而义至尽也”。

——朱熹

屈原是“伟大的爱国诗人”，一颗闪耀在“群星丽天的时代”，“尤其是有异彩的一等明星”。

——郭沫若

屈原不仅是中国第一位伟大的诗人，也是中国第一位伟大的爱国诗人，更是对中国历史产生过重大影响的历史伟人，是被公认的中国诗歌之父，是中国的诗魂、国魂、民族魂。

——华中师范大学教授蔡靖泉

屈原是“中国历史上唯一有充分条件称为人民诗人的人”。

——闻一多

楚辞

路漫漫其修远兮，吾将上下而求索。

观古阅今

Guan Gu Yue Jin

楚辞

《楚辞》是最早的浪漫主义诗歌总集及浪漫主义文学源头。“楚辞”之名首见于《史记·酷吏列传》。可见至迟在汉代前期已有这一名称。其本义，当是泛指楚地的歌辞，以后才成为专称，指以战国时楚国屈原的创作为代表的新诗体。西汉末年，刘向将屈原、宋玉的作品以及汉代淮南小山、东方朔、王褒、刘向等人承袭模仿屈原、宋玉的作品汇编成集，计十六篇，定名为《楚辞》。是为总集之祖。后王逸增入己作《九思》，成十七篇。分别是：《离骚》《九歌》《天问》《九章》《远游》《卜居》《渔父》《九辩》《招魂》《大招》《惜誓》《招隐士》《七谏》《哀时命》《九怀》《九叹》《九思》。这个十七篇的篇章结构，遂成为后世通行本。

楚辞的出现，是中国文化史上的特殊现象。

楚辞是以屈原及其作品为主体的，所以，研究楚辞，必先说屈原。屈原开创了“楚辞”创作，它作为战国时期在中国南方楚国地区出现的一种新型诗体，也是公认的。从先秦“楚辞”的流传，至汉初的搜集、西汉末刘向最终将辑录成《楚辞》，经历了一段比较漫长的过程。

早在1978年，香港学者饶宗颐就提议建立“楚辞学”；1986年，大陆学者薛威霆、王季深又提议建“屈原学”。其实，学科的历史应追溯到西汉初年。“楚辞学”作为一门独立的学科，应包括：1、《楚辞》作者生平、思想研究；2、《楚辞》作品的诠释与研究；3、骚体文学发展状况研究；4、《楚辞》研究史的研究，等等。但漫长的古代研究史，基本上局限于1至2项，即楚辞作者与作品研究

古代楚辞学史，肇源于汉初的贾谊与刘安，奠基于司马迁。贾谊与屈原相距不过“百有余年”，加之仕途不顺，“及渡湘水，为赋以吊屈原”，伤屈亦自伤。贾谊的《吊屈原赋》，开创了拟骚诗风，亦开启了汉代学者、诗人对屈原既敬佩又有所不理解的评论倾向，多少表现出隔代跨度后的神往与隔膜。

据班固《汉书·淮南王传》与《离骚序》，淮南王刘安奉汉武帝之命作《离骚传》。《离骚传》为楚辞学史上第一个注本，分为总体评论与文字训释两部分，但大部分已佚，今仅存51字，即见于班固《离骚序》中一段文字：《国风》好色而不淫，《小雅》怨诽而不乱，若《离骚》者，可谓兼之。蝉蜕浊秽之中，浮游尘埃之外，皭然泥而不滓；推此志，

虽与日月争光可也。刘安留给我们的文字虽然不多，但形成了整个封建社会评论屈原的基本倾向：即对屈原人格精神的推崇与向往。

司马迁《史记·屈原贾生列传》，将屈原、贾谊合传，写怀才不遇之悲，“岂独屈贾二人合传，直作屈、贾、司马三人合传读可也”。据汤炳正先生考证，刘安《离骚传》被后人窜入司马迁的《屈贾列传》，导致了《屈原列传》的前后矛盾、阅读困难。又由于荀悦《汉纪》、高诱《淮南子·叙》称刘安作《离骚赋》，以致后代有人认为《离骚》为刘安所作，成为“屈原否定论”的一个证据。好在阜阳汉简中有《离骚》《涉江》残句，而墓主为汝阴夏侯灶（卒于前165年），从而否定了刘安作《离骚》的可能性。

历史的发展是不可思议的，漫长的楚辞学史就是在贾谊、刘安、司马迁三者的纠葛中逐步形成、奠基的。自此之后，古代楚辞学史可以分为三个阶段：即以章句训释为特征的汉唐阶段，以义理探求为特征的宋元阶段，以各逞新说为特征的明清阶段。

即使在当代，亦有上海古籍出版社本（1979年）、江苏广陵古籍刻印社本（1990年）、中国人事出版社本（1996年），同时流行。1972年中日恢复邦交，毛泽东送给日本首相田中角荣的礼物，就是朱熹的《楚辞集注》，并由此在日本引发了一次高层次、高水平的专题讨论会，在日本受到极大的关注，后来又传到了英、法、德、瑞典、美等国家。

同时，漫长的古代楚辞学史也为我们的“百年观照”提供了很好的前提与渊源：历史是发展的，历史同时也是再现的。二千年的历史给我们贡献出许多启示：

一、研究层次、研究方法总是不断提高、发展。从王逸的名物训诂到朱熹的义理阐释，再到蒋骥的艺术分析，离文化的研究只有一步之遥，同时又自始至终贯穿“文化研究”的因子、因素。因此，晚清以来，注意文化的研究，则是理所当然的发展趋势。

二、许多研究者的独到之见，又逐步为历代学者所接受，成为不刊之论。如刘安的人格推崇、司马迁的不平之气、王逸的方言诠释、朱熹的男女君臣之喻、蒋骥的时地考索，都成为近百年来研究的热点课题。

三、一代代的研究者都在反驳、纠正或补充前人的说法；而他们自己又受到后代或同时代人的反驳、纠正或补充，从而不断推进研究的深入，寻找“近真的屈原”。而后者在反驳、纠正、补充前人之说的同时，也在方法上留下前人难以磨灭的痕迹。如研屈、绍屈并举，从刘向《九叹》，王逸《九思》，到王夫之《九昭》，进而发展为闻一多《〈九歌〉古歌舞剧悬解》、李大明《九歌歌舞剧新编》，以及郭沫若《屈原》（话剧）、胡鸿延《屈原诗传》（大型神话传奇史诗）、陈书良《屈原与婵媛》（电影文学剧本），楚辞学者的创作热情，可谓方兴未艾。

四、每一种学术派别、研究方法的出现，总是与当时的文化学术思潮分不开的。任何摆脱时代制约的努力，往往正是时代思潮的反映，从汉代的经学、宋代的理学到清代的乾嘉之学，从晚清的求新求变、抗战时期对爱国主义的呼唤到建国初“人民性”的弘扬，总会间接或直接地影响到楚辞研究。

五、近现代研究中出现的许多困惑，完全可以在古代研究史中找到原因和答案。如楚辞研究的各家往往各言其是，虽然有一些证据，但合起来则相互龃龉。论文发表虽然很多，而能被广泛接受的结论甚少。每个个体总是虔诚地认为自己最了解屈原及其作品，而排斥甚至嘲弄他人成果，但同时代的人或后人对他的“独得之秘”往往不买帐，不以为然。目前研究中的这一困惑正是清代各逞臆说、言人人殊的延续，又可追溯到宋代义理探求在方法论上的不足。义理探索虽然高于章句训释层次，但仍然是平面的、局限的、单一的，不能从根本上解释《楚辞》的复杂、丰富与多元现象。

辅导讲坛

Fu Dao Jiang Tan

楚辞

本书的阅读，以多视角，多元化，多维度为启动引擎，在阅读时从两个主体部分着眼，就会得到相得益彰的效果。

一、版块辅导

全书共分为六大版块：阅读图解、观史阅今、辅导讲坛、原典新释、古韵体验以及延伸阅读。

图形也是一种语言，但它比文字简练、直观、立体，同时也蕴含着丰富的信息。本书的阅读图解部分就是最好的证明，这部分内容是对整本书的结构概括、作者生平以及本书的历史影响及文学地位的直观展示。

接下来是观史阅今，读者可以从这部分概括性的语言中对本书的意义、传承、影响等方面有一个总体的了解。这样，在阅读原著的时候就能更轻松地领悟作者的思想精髓。

原典新释是本书的重中之重，它主要由原文、注释、译文和经典语录等知识版块组成。梳理原文，并对生僻难解的字词进行注释，同时还配有相应的译文，这些都有利于读者理解国学经典内容。此外，在每一篇文章后面都加了一个紧扣本篇内容的铭记链接知识。这样不仅能加深读者的记忆，而且还开阔了读者的视野，达到了全民阅读“品味经典，弘扬传统文化”的目的。

古韵体验，这也是当我们读完这本经典著作之后的收获和感想。我们都能领悟到作品哪些思想精髓，应该怎么做才能真正地弘扬中华传统文化，实现中华民族的伟大复兴呢？

二、原著辅导

“楚辞”的三种含义：“楚辞”一词最早见于《史记》，它大致有三重含义：一是诗体名，楚辞是战国后期以屈原为代表的楚国文人创立的一种新体诗，又称“骚体诗”。二是作品名，指战国后期楚国人及汉代人用楚辞诗体创作的一批作品。三是诗集名，汉代刘向将屈原作品和战国晚期楚国宋玉、唐勒、景差以及汉代东方朔、刘向等后学之作编为一集，定名《楚辞》。

楚辞是战国时期以屈原为代表的楚国文人创立的一种新体诗，又称“骚体诗”。其特点主要表现为：1. 诗歌形式以六字句为基本句式，又长短参差，灵活多变，诗句中多用语气词“兮”来变换节奏，舒缓语气，增强音乐美。2.具有鲜明的地方色彩。大量采用楚国的方言词汇，运用楚地音调，描写楚国景物和民俗风情，吸收楚地神话传说。

屈原的作品，根据刘向、刘歆父子的校定和王逸的注本，有25篇，即《离骚》1篇，《天问》1篇，《九歌》11篇，《九章》9篇，《远游》《卜居》《渔父》各1篇。据《史记·屈原列传》司马迁语，还有《招魂》1篇。据郭沫若先生考证，屈原作品，共流传下来23篇。其中《九歌》11篇，《九章》9篇，《离骚》《天问》《招魂》各一篇。

大体说来，《离骚》《天问》《九歌》可以作为屈原作品三种类型的代表。《九章》其内容与风格可与《离骚》列为一组，大都是有事可据，有义可陈，重在表现作者内心的情愫。《离骚》是屈原以自己的理想、遭遇、痛苦、热情以至整个生命所熔铸而成的宏伟诗篇，其中闪耀着鲜明的个性光辉，是屈原全部创作的重点。《九章》是屈原写的一组抒情诗，一共9篇。即《惜诵》《涉江》《哀郢》《抽思》《怀沙》《思美人》《惜往日》《橘颂》《悲回风》。它是具体的片断生活的记录和心情的显现。《九章》是研究屈原生平和思想最有价值的材料。这组诗中数《哀郢》最深刻地表达了屈原的爱国主义思想。

屈原代表作《离骚》中不仅吸取了很多神话，而且直接与宗教巫事活动形式有关。但是屈原并非神巫或宗教的信仰者，他吸取神话和宗教活动来结撰自己的作品，是为了倾诉自己的爱国情感，为了表达对美好事物和理想的追求，为了表现自己的心理创通和波折。这不仅摆脱了宗教性，化腐朽为神奇，还使楚辞作品充满了激情和想象力。

《招魂》直接仿效楚地巫觋招魂词形式写成的。在战国时代的楚国，这种巫术宗教活动极为盛行。楚怀王客死秦国后，屈原运用民间的风俗和艺术形式，写成了这篇颇有艺术特色的诗篇。他在诗中把天上地下、四面八方都作了惊心动魄、凄惨恐怖的描写，叫魂魄哪儿上不要去，赶快回到自己的祖国。屈原招的是怀王的魂，实际是也在招楚国的魂，因为屈原是把怀王扣楚国的命运连结在一起的。《招魂》无论其思想内容还是艺术手法，在我国文学史上占有重要地位。

《天问》是屈原根据神话、传说材料创作的诗篇，着重表现作者的学术造诣及其历史观和自然观。它是我国文学史上罕见的一篇奇文。鲜明地表现了作者探索事物根源和不屈不挠的战斗精神。是屈原作品中的第二首长诗。《九歌》是楚国祀神乐曲，经屈原加工、润色而成，在人物感情的抒发和环境气氛的描述上，充满浓厚的生活气息。然而是代人或代神表述，并非作者自我抒情，它更多地显示了南楚文学传统的痕迹。《离骚》一组，《九歌》一组，构成了屈原作品的基本风格。

屈原作品的风貌和《诗经》明显不同。抒写男女情思、志士爱国是如此直切，而使用的材料，又是如此丰富，什么都可以奔入笔底。写人神之恋，写狂怪之士，写远古历史传说，写与天神鬼怪游观，一切神都具有民间普通的人性，神也不过是超出常人的人而已。它们使作品显得色泽艳丽，情思馥郁，气势奔放。

从体制上看，屈原以前的诗歌，不管是《诗经》或南方民歌，大多是短篇，而屈原发展为长篇巨制。《离骚》一篇就有2400多字。在表现手法上，屈原把赋、比、兴巧妙地糅合成一体，大量运用“香草美人”的比兴手法，把抽象的品德、意识和复杂的现实关系生动形象地表现出来。

在语言形式上，屈原作品突破了《诗经》以四字句为主的格局，每句五、六、七、八、九字不等，也有三字、十字句的，句法参差错落，灵活多变；而且大量使用“兮”字，以及“之”“于”“乎”“夫”“而”等虚字，用来协调音节，造成起伏回宕、一唱三叹的韵致。特别是“兮”字，几乎成为楚辞体最明显的标志。楚辞中的“兮”字有多种位置和意义，其位置有的在每一句的中间，有的在上下句的中间如《九歌》；有的置于上下句的中间，如《离骚》和《九章》的主要篇章；有的在下句末如《橘颂》。这些“兮”字既起着表情作用，又有着调整节奏的功能，还代替某些虚词起语法作用。这是屈原的创造，是楚辞所独有的。

原典新释

Quan Dian Xin Shi

楚辞

离　骚

《离骚》是屈原的代表作品，是中国古代最瑰丽的一首抒情长诗，也是世界诗歌史上最雄奇的诗篇之一。

“离骚”的意思，司马迁的《史记·屈原贾生列传》说：“离骚者，犹离忧也。”王逸的《离骚经序》说：“离，别也；骚，愁也。”

《离骚》的写作年代，是屈原被楚怀王疏远时期。全诗共三百七十三句，二千四百九十字。

屈原在这首绚丽多姿、波澜起伏、想象瑰奇、气魄宏伟、情真意挚的抒情长诗中，抒写了自己的身世生平、不幸境遇、美好追求；揭露了楚王的昏聩多变、善恶不分、忠奸不辨；抨击了旧贵族的嫉贤妒能、结党营私、谗佞贪婪；表现了伟大诗人的崇高爱国主义精神、修明法度举贤授能的美政理想、宁为玉碎不为瓦全的坚贞品格。“长太息以掩涕兮，哀民生之多艰”“路曼曼其修远兮，吾将上下而求索”成为千古绝唱。

原文

帝高阳之苗裔兮①，
朕皇考曰伯庸②。
摄提贞于孟陬兮③，
惟庚寅吾以降④。
皇览揆余初度兮⑤，
肇锡余以嘉名⑥：
名余曰正则兮，
字余曰灵均⑦。

注释

①高阳：相传是古代帝王颛顼的称号。苗裔：后代。兮：语气词，相当于“啊”。

②朕：我。秦始皇以前，一般人均可用“朕”。皇：大。考：对亡父的尊称。

③摄提：寅年的别名。贞：正当。孟：开端。陬：夏历正月，又是寅月。《楚辞》都用夏历。

④惟：发语词。庚寅：纪日的干支。屈原正好生于寅年寅月寅日这个难得的吉日。

⑤皇：皇考。揆：度量。初度：初生时的样子。

⑥肇：开始。

⑦正：平。则：法。正则：公正的法则，含“平”的意思。灵均：美好的平地，含“原”的意思，屈原名平字原。

译文

我是古帝颛顼高阳的后裔，
我的伟大先父名叫熊伯庸。
岁星在寅那年的孟春正月，
恰是庚寅之日我从天降生。
父亲端量我初降仪表，
通过卜卦赐予我美名：
给我本名叫做正则，
给我表字叫做灵均。

原文

纷吾既有此内美兮，
又重之以修能①。
扈江离与辟芷兮②，
纫秋兰以为佩③。
汩余若将不及兮④，
恐年岁之不吾与⑤。
朝搴阰之木兰兮⑥，
夕揽洲之宿莽⑦。
日月忽其不淹兮⑧，

春与秋其代序⑨。
惟草木之零落兮⑩，
恐美人之迟暮⑪。
不抚壮而弃秽兮⑫，
何不改乎此度⑬？
乘骐骥以驰骋兮⑭，
来吾道夫先路⑮！

注释

①纷：众多。重：加上。修能：优秀的才能。

②扈：楚方言，披。江离：香草名。芷：香草名，白芷。辟：幽僻。

③纫：联缀。佩：古人的佩饰。这里用佩带香草比喻重视自己的后天修养。

④汩：水流迅疾，这里比喻光阴似水。

⑤不吾与：不等我。

⑥搴：拔取。阰：山坡。木兰：香树，这里指木兰花。

⑦揽：采。宿莽：香草，经冬不死。木兰树去皮不死，宿莽草经冬不死，皆香不变者，所以用来修身。

⑧忽：速。淹：留。

⑨代序：时序轮流替换。

⑩惟：想。

⑪美人：屈原有时指国君，有时自指，有时泛言贤士。这里指楚怀王。迟暮：年老。

⑫抚壮：趁着壮年。秽：污秽的行为。

⑬度：法度。

⑭骐骥：骏马，比喻贤能之人。

⑮来：来吧。道：同“导”，引起。夫：语气词。

译文

我既有许多内在的美质，
又兼备外表的端丽姿容。

身披芳香的江离和白芷，
编织秋天的兰花当佩缨。
光阴似流水我怕追不上，
岁月不等我令人心着慌，
朝霞中拔取山岭的木兰，
夕阳下采撷水洲的宿莽。
日月飞驰一刻也不停，
阳春金秋轮流来值星。
想到草木的凋零陨落，
我唯恐美人霜染两鬓。
为何不趁壮年摈弃污秽，
为何不改变原先的法度？
快乘上骐骥勇敢地驰骋，
来让我为你在前方引路！

原文

昔三后之纯粹兮①，
固众芳之所在②；
杂申椒与菌桂兮③，
岂维纫夫蕙茝④？
彼尧舜之耿介兮⑤，
既遵道而得路⑥；
何桀纣之猖披兮⑦，
夫唯捷径以窘步⑧。
惟夫党人之偷乐兮⑨，
路幽昧以险隘⑩。
岂余身之惮殃兮⑪，
恐皇舆之败绩⑫！
忽奔走以先后兮⑬，
及前王之踵武⑭；
荃不察余之中情兮⑮，

及信谗而齌怒⑯！
余固知謇謇之为患兮⑰，
忍而不能舍也！
指九天以为正兮⑱，
夫唯灵修之故也⑲！
初既与余成言兮⑳，
后悔遁而有他㉑；
余既不难夫离别兮，
伤灵修之数化㉒！

注释

①三后：指夏禹、商汤、周文王。纯粹：喻德行完美。

②众芳：喻群贤。在：聚集。

③杂：杂集。申椒：申地所产花椒。菌桂：桂树的一种。“申椒”“菌桂”比喻贤才。

④维：同“唯”，只。蕙：香草名。茝：即白芷。“蕙”“茝”都喻贤才。

⑤耿介：光明正大。

⑥遵道：遵循正道。路：正确的途径。

⑦何：何等。桀纣：夏桀、商纣，分别为夏末和商末暴君。猖披：猖狂放肆。

⑧捷径：歪斜的小路，比喻不走正道。窘步：难以举步。

⑨夫：彼，那些。党人：结党营私之人。

⑩路：指政治道路。幽昧：黑暗。

⑪惮：害怕。

⑫舆：车。皇舆：国君所乘的车辆，比喻楚王朝。

⑬忽：急急忙忙的样子。

⑭及：赶上。前王：即“三后”。踵武：足迹。

⑮荃：香草名，喻国君。察：体察。中情：内心。

⑯齌怒：暴怒。

⑰謇謇：忠言直谏。

⑱指九天：指着上帝起誓，指天发誓。正：通“证”。

⑲灵修：指楚怀王。“灵”是聪明的意思；“修”是美好的意思。《楚辞》中常用夫妇关系比喻君臣关系。“灵修”就是指借妻子对丈夫的美称来作为臣对君的美称。

⑳成言：约定。

㉑悔遁：背弃诺言。

㉒数化：屡次变化。

译文

古代三王品德纯洁无瑕，
众芳都荟萃于他们周围。
花椒丛菌桂树杂糅相间，
岂只把蕙草白芷来连缀？
那尧舜是多么耿直光明，
既遵循正道又走对了路。
桀与纣是如此猖狂恣肆，
只因走邪道而难以行步。
那些小人只晓偷安享乐，
使国家的前途黑暗险隘。
岂是我害怕自身遭祸殃，
只恐国家败亡犹车毁坏。
我为君王鞍前马后奔走，
想让你追及前王的脚步；
楚王你不体察我的衷情，
反而听信谗言对我嗔怒。
我本知忠言会招来祸患，
想隐忍不语却难舍难割。
遥指九天叫它给我作证，
全都是为你君王的缘故。
当初你与我曾山盟海誓，
后来竟然翻悔另有他想。

我倒不难与你离别疏远，
伤心的是君王反覆无常。

原文

余既滋兰之九畹兮①，
又树蕙之百亩。
畦留夷与揭车兮②，
杂杜衡与芳芷③。
冀枝叶之峻茂兮④，
愿俟时乎吾将刈⑤。
虽萎绝其亦何伤兮⑥，
哀众芳之芜秽⑦。
众皆竞进以贪婪兮⑧，
凭不厌乎求索⑨；
羌内恕己以量人兮⑩，
各兴心而嫉妒⑪。
忽驰骛以追逐兮⑫，
非余心之所急；
老冉冉其将至兮⑬，
恐修名之不立⑭！
朝饮木兰之坠露兮，
夕餐秋菊之落英⑮。
苟余情其信姱以练要兮⑯，
长顑颔亦何伤⑰！
揽木根以结茝兮⑱，
贯薜荔之落蕊⑲；
矫菌桂以纫蕙兮⑳，
索胡绳之纚纚㉑。
謇吾法夫前修兮㉒，
非世俗之所服㉓；
虽不周于今之人兮㉔，

愿依彭咸之遗则㉕！

注释

①滋：培植。九畹：九是虚数，表示多。畹有十二亩、二十亩、三十亩几种说法。

②畦：田垄，在此作动词。留夷：即芍药。揭车：香草名。

③杂：套种。

④冀：希望。峻茂：高大茂盛。

⑤俟：等待。刈：收割。

⑥萎绝：枯萎凋谢。

⑦芜秽：荒芜污秽。“众芳芜秽”比喻人才变质。

⑧竞进：争相钻营。

⑨凭：通凭，楚方言，满的意思。乎：于。求索：追求索取。

⑩羌：楚方言，发语词。恕：揣度。量：衡量。

⑪兴心：起心。

⑫驰骛：驰骋。

⑬冉冉：渐渐。

⑭修名：美名。

⑮落英：始开的花。

⑯苟：如果。信：确实。姱：美好。练要：简练扼要，精粹。

⑰顑颔：因饥饿而面黄肌瘦的样子。

⑱木根：木兰的根。

⑲贯：穿。薜荔：香草名。

⑳矫：举起。

㉑索：动词，搓绳。胡绳：香草名。𫄧𫄧：形容绳索又长又好的样子。

㉒謇：楚方言，发语词。法：效法。前修：前代贤人。

㉓服：穿戴。

㉔周：符合。

㉕彭咸：传说是殷代的贤臣，因劝谏君主的意见不被采纳，投水自尽。遗则：留下的榜样。

译文

我已培育了九畹春兰，
我又种植下百亩蕙草。
分垄栽培留夷和揭车，
还套植了杜衡和芳芷。
希冀枝繁叶茂花红叶绿，
但愿待成熟时我将收割。
即便叶萎花谢也不悲伤，
只痛心众芳的芜秽变质。
众人争相钻营贪婪成性，
个个贪得无厌欲壑难填。
他们对内恕己外责他人，
彼此勾心斗角互相嫉妒。
急急奔驰追逐权势财富，
这不是我心中之所急；
老境慢慢地将要到来，
我唯恐美名不能建立。
清晨我饮木兰花的甘露，
傍晚再餐山菊花的花瓣。
只要我的情操确实完美，
长期饥饿憔悴何须伤感。
采木兰的根须联结白芷，
再贯串薜荔含露的花蕊。
举起菌桂嫩枝缝纫蕙草，
把胡绳揉搓得又长又美。
我真诚地效法前贤楷模，
并非世俗之人所戴所穿。
虽然不合于今人的时尚，
我只愿依照彭咸的风范。

原文

长太息以掩涕兮①，
哀民生之多艰！
余虽好修姱以鞿羁兮②，
謇朝谇而夕替③！
既替余以蕙纕兮④，
又申之以揽茝⑤；
亦余心之所善兮⑥，
虽九死其犹未悔！
怨灵修之浩荡兮⑦，
终不察夫民心；
众女嫉余之蛾眉兮⑧，
谣诼谓余以善淫⑨。
固时俗之工巧兮⑩，
偭规矩而改错⑪；
背绳墨以追曲兮⑫，
竞周容以为度⑬。
忳郁邑余侘傺兮⑭，
吾独穷困乎此时也！
宁溘死以流亡兮⑮，
余不忍为此态也⑯！
鸷鸟之不群兮⑰，
自前世而固然。
何方圜之能周兮⑱，
夫孰异道而相安⑲？
屈心而抑志兮⑳，
忍尤而攘诟㉑；
伏清白以死直兮㉒，
固前圣之所厚㉓！

注释

①太息：叹息。掩涕：揩泪。

②虽：唯，只。好：爱好。鞿羁：受到约束，牵累。

③谇：进谏。替：废弃。

④纕：佩饰。

⑤申：重复，加上。

⑥善：爱好。

⑦浩荡：荒唐，糊涂。

⑧众女：比喻楚王周围的权贵、“党人”。蛾眉：比喻美德。

⑨谣诼：造谣诽谤。

⑩工巧：善于投机取巧。

⑪偭：违背。规：画圆的工具。矩：画方的工具。规矩：比喻法度。错：通措，指措施。

⑫绳墨：划直线用的墨斗墨线，比喻正道。

⑬周容：苟合取容。度：常规，法度。

⑭忳郁邑：忧愁烦闷的样子。侘傺：怅然若失的样子。

⑮溘：忽然。流亡：随水流去。

⑯此态：指苟合求容之态。

⑰鸷鸟：猛禽，如鹰、雕等。不群：不与一般鸟合群。

⑱圜：同圆。周：合。

⑲孰：哪。

⑳屈心：忍受委屈。

㉑尤：罪过。攘诟：招来侮辱。

㉒伏：抱。死直：死于正直。

㉓厚：着重，重视。

译文

我长声叹息啊泪如雨下，

哀伤人民生活多灾多难！

我只因爱美德就受牵累，

早晨刚进谏晚上就丢官。
废黜我既因有蕙草佩带，
更兼我把芬芳的白芷采。
只要是我倾心所爱慕的，
纵然为她九死也不悔改。
怨懑君王确实昏聩荒唐，
终不能体察人家的心肠。
众女流嫉妒我蛾眉花容，
造谣诬蔑说我善于淫荡。
世俗人们本来工于取巧，
违背规矩法则改变举措。
背弃绳墨正道追随邪曲，
竞相苟合取容以为法度。
我抑郁苦闷惆怅失意，
独有我此时穷困窘迫。
我宁愿突死随水流逝，
也不忍仿效这种丑态。
雄鹰不会与燕雀合群，
自古以来就泾渭分明。
方榫圆孔怎么能吻合，
异路人哪会携手同行?
我心里委屈意志压抑，
隐忍罪尤把羞辱承担。
坚守清白为正义而死，
这本为前圣众口称赞。

原文

悔相道之不察兮①，
延伫乎吾将反②。
回朕车以复路兮③，
及行迷之未远④。

步余马于兰皋兮[5]，
驰椒丘且焉止息[6]。
进不入以离尤兮[7]，
退将复修吾初服[8]。
制芰荷以为衣兮[9]，
集芙蓉以为裳[10]；
不吾知其亦已兮[11]，
苟余情其信芳。
高余冠之岌岌兮[12]，
长余佩之陆离[13]；
芳与泽其杂糅兮[14]，
唯昭质其犹未亏[15]。
忽反顾以游目兮[16]，
将往观乎四荒[17]；
佩缤纷其繁饰兮，
芳菲菲其弥章[18]！
民生各有所乐兮，
余独好修以为常；
虽体解吾犹未变兮[19]，
岂余心之可惩[20]？

注释

①相：观看。

②延伫：长久地站立，表示犹豫不决。反：同返。

③朕：我的。

④及：趁着。行迷：走上迷途。

⑤皋：水边的高地。

⑥焉：于此，在这里。止息：休息。

⑦进：指在朝廷中任职。不入：不被接纳，不被信任。离：通“罹”，遭受。尤：罪祸。

⑧退：隐退。初服：初衷。

⑨芰荷：荷叶。衣：上衣。

⑩芙蓉：荷花。裳：下衣。

⑪已：止，罢了。

⑫高：动词，使高。岌岌：高耸的样子。

⑬陆离：长长的样子。

⑭泽：汗衣，引申为污垢的意思。杂糅：混杂在一起。

⑮昭质：洁净光明的品质。

⑯游目：纵目远望。

⑰四荒：四方边远之处。

⑱菲菲：香气浓郁。弥章：更加明显。

⑲体解：肢解，古代一种酷刑。

⑳惩：受戒而止。

译文

懊悔选择道路不曾细察，
我踌躇不前打算回返。
掉转咱的车依旧走原路，
趁误入迷途走得不太远。
遛我的马在水边兰草地，
奔到椒树山丘暂且休息。
我不进去重遭小人非议，
隐退田园复修我的初意。
缝制翠绿荷叶作为上衣，
采集嫣红荷花缀为下裳。
没人欣赏我算不了什么，
只要我的情操确实芳香。
把我的冠冕做得高高，
把我的佩带结得长长。
芳藕与污泥虽然杂糅，
冰心雪质却未受损伤。
蓦然回首纵目遥望，

我将远观四野八荒。
佩带服饰缤纷锦簇，
芬芳馥郁沁人心房。
人们天生各自有所喜爱，
我独好美洁并习以为常。
纵然粉身碎骨不改初衷，
岂因惩治我心放弃志向！

原文

女媭之婵媛兮①，
申申其詈予②。
曰鲧婞直以亡身兮③，
终然殀乎羽之野④。
汝何博謇而好修兮⑤，
纷独有此姱节？
薋菉葹以盈室兮⑥，
判独离而不服⑦！
众不可户说兮⑧，
孰云察余之中情⑨？
世并举而好朋兮⑩，
夫何茕独而不予听⑪？

注释

①女媭（xū）：传说为屈原的姐姐。婵媛（chán yuán）：因说话气愤着急而喘息的样子。

②申申：再三，反反复复地。詈（lì）：责备。

③鲧（gǔn）：传说是夏禹的父亲，因治理洪水失败，被虞舜放逐到羽山之野，终于死在那里。婞（xìng）：刚直。亡身：即忘身，不顾个人安危。

④殀（yāo）：死。乎：于。羽：羽山，神话中的地名。

⑤博：广泛，多方面。謇：直言。

⑥薋（zī）：堆积。菉（lù）：草名，即王刍。葹：草名，即苍耳。

⑦判：与众不同。服：佩带。

⑧户说：各家各户地解说。

⑨孰：谁。余：咱们。

⑩并举：互相抬举。好朋：喜欢成群结党。

⑩茕（qióng）独：孤独。不予听：“不听予”的倒语。

译文

姐姐女媭急得气喘心痛，
絮絮叨叨不断把我告诫。
她说：“鲧因刚直而忘身，
结果惨死于羽山的原野。
你何必爱直言喜好美洁，
独自赋有坚守崇高品节？
别人室中充盈野花杂草，
偏你不愿佩带与众有别。
众人误会不能逐户解说，
有谁会体察咱们的真情。
世人相互吹捧好结党朋，
你为何孤傲不听我劝告。”

原文

依前圣以节中兮①，
喟凭心而历兹②！
济湘沅以南征兮③，
就重华而陈辞④；
启九辩与九歌兮⑤，
夏康娱以自纵⑥；
不顾难以图后兮⑦，
五子用失乎家巷⑧。
羿淫游以佚畋兮⑨，
又好射夫封狐⑩；

固乱流其鲜终兮⑪，
浞又贪夫厥家⑫。
浇身被服强圉兮⑬，
纵欲而不忍；
日康娱以自忘兮⑭，
厥首用夫颠陨⑮。
夏桀之常违兮⑯，
乃遂焉而逢殃⑰。
后辛之菹醢兮⑱，
殷宗用而不长⑲。
汤禹俨而祗敬兮⑳，
周论道而莫差；
举贤而授能兮，
循绳墨而不颇。
皇天无私阿兮㉑，
览民德焉错辅㉒；
夫维圣哲以茂行兮㉓，
苟得用此下土㉔。
瞻前而顾后兮，
相观民之计极㉕；
夫孰非义而可用兮，
孰非善而可服㉖！
阽余身而危死兮㉗，
览余初其犹未悔㉘；
不量凿而正枘兮㉙，
固前修以菹醢。
曾歔欷余郁邑兮㉚，
哀朕时之不当！
揽茹蕙以掩涕兮㉛，
沾余襟之浪浪㉜！

注释

①节中：不偏不倚，公正地判断是非曲直。

②喟（kuì）：叹息。凭：愤懑。历：经历，遭遇。兹：此。

③济：渡。

④就：投向。重华：舜的名字。

⑤启：夏启，禹的儿子，传说中夏朝的国君。九辩、九歌：乐曲名，古代神话中说是夏启从天帝处取得的。

⑥夏：夏启。康娱：寻欢作乐。

⑦顾难：看到危难。图后：考虑以后的事。

⑧五子：夏启的五个儿子。失：衍字，应删。用乎：因而。家巷：内讧，内乱。传说夏启五个儿子被贬在观地，称“五观”。夏启十年至十一年间，“五观”发动叛乱；乱平以后，夏启最小的儿子武观被放逐到西河。夏启十五年，武观又在西河叛乱。这里“五子家巷”是兼指前后两次叛乱。

⑨羿：传说中夏代有穷国的君主，曾起兵推翻夏启之子太康。淫、佚：均为过度的意思。畋（tián）：打猎。

⑩射：用射箭来象征性交。封狐：大狐。

⑪乱流：淫乱之辈。鲜：少。终：结果，下场。

⑫浞：寒浞，传说是羿的相，因贪恋羿妻，勾结羿的家臣逢蒙将羿杀死。厥（jué）：其，指羿。家：家室，妻子。

⑬浇（ào）：寒浞之子。被服：披服。强圉（yǔ）：强御，强暴有力。

⑭日：天天。自忘：忘乎所以。

⑮用：因。颠陨：坠落。

⑯常违：违常，违背常理。

⑰遂焉：终于。于省吾认为“遂应读作坠”，坠落的意思。

⑱后：君王。辛：殷纣王。菹醢（zūhǎi）：古代把人剁成肉酱的一种酷刑。

⑲殷宗：殷朝的宗祀，指殷商王朝。

⑳汤禹：商汤和夏禹。俨（yǎn）：严肃。祗：敬。

㉑阿：偏袒、袒护。

㉒民德：人的品德。错：通措。辅：扶助。

㉓哲：智。茂行：盛德之行。

㉔苟得：才能够。用：享用。下土：国土。

㉕相观：观察。计：生计。极：终极。

㉖服：行。

㉗阽（diàn）：临近危险。危死：濒临死亡。

㉘初：初衷。

㉙凿（zuò）：榫眼。正枘（ruì）：方榫头。

㉚曾：屡次。歔欷（xū xī）：抽泣声。郁邑：苦闷。

㉛茹：柔软。

㉜沾：浸湿。浪浪：泪流不止的样子。

译文

我照前代圣贤坚持正道，
可叹历尽磨难令人寒心。
渡过湘江沅水我朝南行，
要找虞舜陈述一片丹心。
夏启上天窃得《九辩》《九歌》，
他就纵情歌舞沉湎淫乐；
不居安思危不顾及后果，
五个儿子因而内讧叛乱。
后羿淫逸游猎山林田野，
又嗜好射获肥大的狐狸。
放荡之辈向来少有善终，
寒浞杀羿夺了他的娇妻。
浇自恃身强体健，
纵欲淫乱不能忍耐；
成天寻欢得意忘形，
终被少康砍掉脑袋。
夏桀行事违背常理，
于是垮台遭逢祸殃。
纣王把人剁成肉酱，

殷商王朝因而灭亡。
商汤夏禹严谨恭敬，
周代贤王讲究治国。
举荐贤才授权能人，
遵循法度决不偏颇。
皇天待人公正无私，
见谁仁德就辅佐谁。
圣哲之人德劭行美，
才可享有疆土天下。
瞻前顾后以史为鉴，
观察民众要求冀望；
哪能让豺狼放羊，
怎可叫恶人称王！
即使身处绝境濒临死亡，
我回想初志仍然不后悔。
不迁就凿孔而削正榫头，
前代贤人因此惨死成仁。
我感慨万千满腔忧郁，
哀伤自己的生不逢时。
采来柔软蕙草揩拭眼泪，
热泪涟涟沾湿我的衣襟。

原文

跪敷衽以陈辞兮[①]，
耿吾既得此中正[②]。
驷玉虬以乘鹭兮[③]，
溘埃风余上征[④]。
朝发轫于苍梧兮[⑤]，
夕余至乎县圃[⑥]。
欲少留此灵琐兮[⑦]，
日忽忽其将暮。

吾令羲和弭节兮[8]，
望崦嵫而勿迫[9]；
路曼曼其修远兮[10]，
吾将上下而求索。
饮余马于咸池兮[11]，
总余辔乎扶桑[12]。
折若木以拂日兮[13]，
聊逍遥以相羊[14]。
前望舒使先驱兮[15]，
后飞廉使奔属[16]；
鸾皇为余先戒兮[17]，
雷师告余以未具[18]。
吾令凤鸟飞腾兮，
继之以日夜；
飘风屯其相离兮[19]，
帅云霓而来御[20]。
纷总总其离合兮[21]，
斑陆离其上下[22]。
吾令帝阍开关兮[23]，
倚阊阖而望予[24]。
时暧暧其将罢兮[25]，
结幽兰而延伫[26]！
世溷浊而不分兮[27]，
好蔽美而嫉妒[28]！

注释

①敷：铺开。衽：衣襟。

②耿：光明。中正：正道。

③驷（sì）：驾。王虬（qiú）：佩玉饰的虬。虬：传说中的一种龙。鹥（yī）：凤凰一类的鸟。

④埃风：夹着尘埃的大风。

⑤轫（rèn）：停车时阻止车轮滑动的木头。发轫：拿掉阻止车轮的木头，使车前进，意即启程出发。苍梧：九嶷山。

⑥县圃：神话中的地名，传说在昆仑山。县：古“悬”字。

⑦灵琐：神灵所居的门。琐：门上雕刻的花纹，代指门。

⑧羲和：神话中为太阳神驾车者。弭：停。节：鞭。

⑨崦嵫（yānzī）：神话中的日落之山。

⑩曼曼：通漫漫，路途漫长。修：长。

⑪咸池：神话中太阳出来时洗澡的天池。

⑫总：系。辔（pèi）：缰绳。扶桑：神话中长在东方日出处的大树。

⑬若木：神话中长在西方日落处的大树。

⑭聊：姑且。相羊：同徜徉：徘徊。

⑮望舒：月神。

⑯飞廉：风神。属：跟随。

⑰鸾（luán）：形态像凤一类的鸟。皇：通凰，雌凤。先戒：走在前面警戒。

⑱雷师：雷神。未具：未准备好。

⑲飘风：旋风。屯：聚集。离：通丽，附着。

⑳帅：通率。云霓：云霞。御：通迓（yà），迎接。

㉑纷总总：纷然杂聚的样子。离合：忽离忽合。

㉒斑陆离：色彩斑斓的样子。上下：忽高忽低，飘移不定。

㉓帝阍（hūn）：天帝的看门人。阍：守门人。关：本义是门闩，此指天门。

㉔阊阖（chānghé）：天门。

㉕暧暧：昏暗的样子。

㉖结：编结，打结。

㉗溷（hùn）浊：混浊。

㉘美：指有才能的人。

译文

铺开衣襟跪吐衷情，

我得到真理豁然开朗。

驾驭玉龙乘上凤凰，
我立即随风飞升天上。
黎明我从苍梧山启程，
傍晚到达昆仑的悬圃。
本想在这神山稍憩片刻，
太阳匆匆西沉降下夜幕。
我令羲和停鞭徐行，
望见崦嵫山别急于迫近。
道路漫漫征程十分遥远，
我将上下求索真理。
叫我的马在咸池饮水，
把辔绳拴在扶桑树上。
折几枝若木拂拭太阳，
我暂在此处逍遥徜徉。
派月神望舒做我的先驱，
风神飞廉跟在后面奔跑；
鸾鸟凤凰为我警戒开道，
雷神告诉我还没准备好。
我令凤凰振翅飞腾，
夜以继日风雨兼程；
旋风屯聚前呼后拥，
率领云霓前来恭迎。
缤纷彩霞时离时合，
斑斓陆离上下飞扬。
我令帝宫门卫开启天门，
他却倚着天门朝我冷望。
时光晦暗一天将要结束，
我编结好幽兰久久伫立。
这个世道浑浊善恶不分，
专好压制贤能嫉妒美丽。

原文

朝吾将济于白水兮①，
登阆风而緤马②。
忽反顾以流涕兮，
哀高丘之无女③！
溘吾游此春宫兮④，
折琼枝以继佩；
及荣华之未落兮⑤，
相下女之可诒⑥。
吾令丰隆乘云兮⑦，
求宓妃之所在⑧；
解佩纕以结言兮⑨，
吾令蹇修以为理⑩。
纷总总其离合兮⑪，
忽纬繣其难迁⑫；
夕归次于穷石兮⑬，
朝濯发乎洧盘⑭。
保厥美以骄傲兮⑮，
日康娱以淫游；
虽信美而无礼兮，
来违弃而改求⑯！
览相观于四极兮⑰，
周流乎天余乃下⑱。
望瑶台之偃蹇兮⑲，
见有娀之佚女⑳。
吾令鸩为媒兮㉑，
鸩告余以不好。
雄鸠之鸣逝兮㉒，
余犹恶其佻巧㉓。
心犹豫而狐疑兮，

欲自适而不可[24]；
凤凰既受诒兮[25]，
恐高辛之先我[26]。
欲远集而无所止兮[27]，
聊浮游以逍遥[28]。
及少康之未家兮[29]，
留有虞之二姚[30]。
理弱而媒拙兮[31]，
恐导言之不固[32]。
世溷浊而嫉贤兮，
好蔽美而称恶。
闺中既以邃远兮[33]，
哲王又不寤[34]。
怀朕情而不发兮[35]，
余焉能忍而与此终古[36]！

注释

①白水：神话里的水名，源于昆仑山，饮后不死。

②阆（làng）风：神话中的地名，在昆仑山上。緤（xiè）：拴，系。

③高丘：即阆风。女：神女。

④春宫：神话中春神的仙宫。

⑤荣华：花的通称。

⑥下女：指下文的宓妃等人。因相对于高丘神女而言，故称下女。诒：同贻，赠给。

⑦丰隆：云神。

⑧宓（mì）妃：相传古帝伏羲之女，因溺死于洛水，而成为洛水女神。

⑨结言：订约。

⑩蹇（jiǎn）修：人名，诗人假设的人物。理：媒人。

⑪纷总总：形容情况迷乱，不明朗。

⑫纬繣：态度别扭，不相投合。难迁：难以改变。

⑬次：住宿。穷石：地名。传说宓妃是河伯之妻，常与后羿偷情。

⑭濯（zhuó）：洗。洧（wěi）盘：神话中水名，源于崦嵫山。

⑮保：恃，仗。厥：其，指宓妃。

⑯来：招呼之词。违弃：丢开，抛弃。

⑰览、相、观：均为看的意思。四级：四方极远的地方。

⑱周流：周游。

⑲瑶台：玉台，华贵的建筑。偃（yǎn）蹇：高耸的样子。

⑳有娀（sōng）：古代传说中的国名。佚女：美女。有娀之佚女，即帝喾妃简狄。古代传说有娀氏女简狄，住在瑶台上，后来嫁给帝喾，生契。契是商朝始祖。

㉑鸩：传说中的一种毒鸟，羽毛置酒中，即能致人死命。

㉒鸠：斑鸠。逝：飞走。

㉓佻（tiāo）：轻佻。

㉔适：往。不可：于礼不可。

㉕诒：名词，礼物，聘礼。

㉖高辛：帝喾即位后用的称号。

㉗集：栖止。止：居留。

㉘浮游：游荡。

㉙少康：夏代中兴的君主，夏相的儿子。夏相被浇所杀，少康逃到有虞国，有虞国君将两个女儿嫁给他，后来少康灭了浇，恢复了夏的政权。未家：没有成家。

㉚有虞：国名，姚姓。二姚：指有虞国君的两个女儿。

㉛理、媒：均指媒人。

㉜导言：传递言语。固：牢固。

㉝闺：旧称女子的居室。邃远：深远。

㉞哲王：明智之王，指楚怀王。寤：醒悟。

㉟发：抒发，表现。

㊱焉：何，怎么。终古：永远。

译文

等到黎明我渡过白水，
登上阆风山系马休息。

猛回首触景潸然泪下，
哀伤这高山没有神女。
迅捷地我游到春神仙宫，
攀折玉树琼枝添修佩饰；
趁着娇蕊鲜花尚未凋落，
相中下界美女赠送奇葩。
我令云神丰隆驾起彩云，
寻找洛神宓妃幽雅闺门；
解下玉佩和她缔结婚约，
我嘱托蹇修做我的媒人。
宓妃心猿意马若即若离，
突然她闹别扭难以迁就；
夜晚到穷石和后羿同居，
早晨在洧盘河洗发梳头。
她自恃娇美满脸骄傲，
每天外出游玩招蜂引蝶。
她确实美丽却太无礼仪，
我要抛弃她另作追求。
我在空中了望四面八方，
周游了天宇我降落大地。
瞩望瑶台琼阁高耸入云，
瞧见了有娀氏美女简狄。
我想托鸩鸟做媒人，
它竟扯谎说她不好；
雄鸠叫嚷飞往说合，
我又嫌它轻薄花巧。
我心里犹豫狐疑不决，
想自己去又不合礼仪。
凤凰既然送去了聘礼，
恐高辛先我娶到简狄。
我想奔远方却无处投靠，

暂且漫游四方自在逍遥。
或者趁少康尚没有成家，
还留着有虞氏两位美娇。
理由不充足媒人又笨拙，
怕传情言辞说得不牢靠。
这个世道浑浊嫉贤妒能，
喜好蔽人美名扬人恶声。
美女闺房如此邃远，
明君又还没有觉醒。
满怀情愫无处倾诉，
我怎能忍此到终生！

原文

索藑茅以筳篿兮①，
命灵氛为余占之②。
曰两美其必合兮，
孰信修而慕之？
思九州之博大兮③，
岂唯是其有女④？
曰勉远逝而无狐疑兮⑤，
孰求美而释女⑥？
何所独无芳草兮，
尔何怀乎故宇⑦？
世幽昧以昡曜兮⑧，
孰云察余之善恶？
民好恶其不同兮，
惟此党人其独异；
户服艾以盈要兮⑨，
谓幽兰其不可佩。
览察草木其犹未得兮，
岂珵美之能当⑩？

苏粪壤以充帏兮⑪，
谓申椒其不芳。

注释

①索：索取。藑茅：一种占卜用的茅草。筳篿：都是算卦用的竹片。

②灵：巫。氛：巫的名。传说巫氛是上古的神巫，诗中假设请他来算卦。

③九州：泛指天下。

④是：此，此地，指楚国。

⑤曰：古书中同一个人说的话，中间往往再用曰字。一说此曰以下才是灵氛所说，以上四句是吾的问卜之词。勉：努力。

⑥释：放弃。女：汝，指屈原。

⑦故宇：旧居。

⑧眩曜：眼花迷乱。

⑨艾：艾草。要：同腰。

⑩珵（chéng）：美玉。当：得当。

⑪苏：取。充：塞满。帏（wéi）：佩在身上的香囊。

译文

索要算卦用的茅草竹片，
请神巫灵氛为我占卜算卦。
卜问：双方美好必会结合，
哪有真正美丽不令人倾慕？
试想天下是这样博大，
难道唯有这里才有淑女？
卜答：远走他乡别再狐疑，
谁寻求美好愿把你舍弃？
天涯何处没有芳草，
你何苦总迷恋故居？
世道幽昧令人目眩，
谁洞察咱善恶忠奸？

人们的好恶各有不同，
这帮党人却特别古怪；
个个把臭艾插满腰间，
反倒说幽兰不可佩戴。
观察草木都良莠不辨，
鉴赏美玉又怎能恰当？
拾粪土充塞自己的香囊，
却说簇簇花椒不芬芳。

原文

欲从灵氛之吉占兮，
心犹豫而狐疑。
巫咸将夕降兮①，
怀椒糈而要之②。
百神翳其备降兮③，
九嶷缤其并迎④；
皇剡剡其扬灵兮⑤，
告余以吉故⑥。
曰勉升降以上下兮，
求榘矱之所同⑦。
汤禹俨而求合兮，
挚咎繇而能调⑧。
苟中情其好修兮，
又何必用夫行媒？
说操筑于傅岩兮⑨，
武丁用而不疑⑩。
吕望之鼓刀兮⑪，
遭周文而得举⑫。
宁戚之讴歌兮⑬，
齐桓闻以该辅⑭。
及年岁之未晏兮⑮，

时亦犹其未央[16]；
恐鹈鴂之先鸣兮[17]，
使夫百草为之不芳。

注释

①巫咸：殷代的神巫，名咸。降：降神。祀神一般都在晚上，所以说“夕降”。

②怀：揣着。糈：精米，祭神所用。要：邀。

③翳：遮蔽，形容神多。备：全都。

④九嶷：指九嶷山诸神。

⑤皇剡剡（yǎn）：光闪闪。扬灵：神灵显现。

⑥吉故：吉利的故事，指下文所述君臣遇合的事例。

⑦榘：同矩。矱（huò）：量长短的工具。榘矱比喻准则。

⑧挚：即伊尹，传说是汤的贤相。咎繇：即皋陶，传说是禹的贤臣。调：协调，和谐。

⑨说（yuè）：傅说，殷高宗的贤相。操：拿着。筑：筑墙的木棒。傅岩：地名。

⑩武丁：殷高宗名。相传武丁梦中得贤臣，后来在刑徒中发现傅说与梦中贤臣形貌相符，便用他为相，于是殷大治。

⑪吕望：即吕尚，俗称姜太公，曾被称为太公望，所以又叫吕望。鼓刀：敲刀发声，招揽生意。传说姜太公曾在殷都当过屠夫，宰牛为生，遇周文王而被重用。

⑫周文：周文王。

⑬宁戚：春秋卫国人，传说他经商于齐，齐桓公夜出，见其正在喂牛并敲牛角唱歌，倾诉自己怀才不遇。桓公知其为贤人，便用他为卿。

⑭齐桓：齐桓公，春秋前期齐国君主。该辅：预备作为辅佐大臣。

⑮晏：迟，晚。

⑯央：尽。

⑪鹈鴂（tíjué）：鸟名，又名伯劳、杜鹃、子规。

译文

我想听从灵氛的吉卦，

心中犹豫又狐疑不定。
巫咸夜里将从天降神，
我捧香椒饭邀请神灵。
百神遮天蔽日同降临，
九嶷山仙子缤纷相迎。
巫咸光彩夺目显灵光，
讲吉祥的故事给我听。
他说勤勉追寻上下求索，
遵照尺度选择知音同道。
商汤和夏禹都严格求贤，
得到伊尹皋陶君臣协调，
只要你痴情爱好贤美，
又何必四处托媒说合？
傅说在傅岩筑过墙壁，
武丁重用他毫不疑惑。
姜太公曾操刀当过屠夫，
遭逢周文王就得到抬举。
宁戚喂牛讴歌怀才不遇，
齐桓公听见让他当国卿。
趁着年岁还没有苍老，
时势颓落犹未到终了。
当心杜鹃鸟鸣叫太早，
使百草从此花殒香消！

原文

何琼佩之偃蹇兮①，
众薆然而蔽之②？
惟此党人之不谅兮③，
恐嫉妒而折之④！
时缤纷其变易兮⑤，
又何可以淹留⑥？

兰芷变而不芳兮，
荃蕙化而为茅。
何昔日之芳草兮，
今直为此萧艾也[7]？
岂其有他故兮？
莫好修之害也！
余以兰为可恃兮[8]，
羌无实而容长[9]；
委厥美以从俗兮[10]，
苟得列乎众芳。
椒专佞以慢慆兮[11]，
榝又欲充夫佩帏[12]。
既干进而务入兮[13]，
又何芳之能祗[14]？
固时俗之从流兮[15]，
又孰能无变化？
览椒兰其若兹兮[16]，
又况揭车与江离[17]？
惟兹佩之可贵兮[18]，
委厥美而历兹[19]！
芳菲菲而难亏兮，
芬至今犹未沬[20]。
和调度以自娱兮[21]，
聊浮游而求女；
及余饰之方壮兮，
周流观乎上下！

注释

①琼佩：玉佩，比喻美德。偃蹇：这里是高卓的意思。

②薆（ài）然：因遮蔽而变暗。

③谅：信赖。

④折：摧损。

⑤缤纷：纷乱。

⑥淹留：久留。

⑦直：简直。萧：一种蒿草。

⑧可恃：可靠。

⑨容长：外表好看。

⑩委：弃。厥：其。

⑪专：专横。佞（nìng）：谄媚。慢慆（tāo）：傲慢。

⑫榝：茱萸一类的草。

⑬干进、务入：均指钻营、向上爬。

⑭祗：敬重、看重。

⑮流从：从流，随波逐流。

⑯若兹：如此。

⑰揭车、江离：均为香草名。

⑱兹佩：此佩，喻自己的品德。

⑲委：似当作秉，大概古秉字或写作委，因而错作委字。秉：持。历兹：至此。

⑳沫：通昧，暗淡。

㉑和：调节使之和谐。调：佩玉发出的声响。度：有规律的步伐。

译文

为何我的琼佩瑰丽珍奇，
众人却把它的异彩遮蔽？
这帮小人丝毫不讲信义，
怕他们嫉妒将玉佩毁弃。
时势缤纷混乱变幻无常，
我怎能在这里滞留久熬？
兰花白芷变得不再芬芳，
香荃雅蕙蜕化成为茅草。
为何昔日的萋萋芳草，
今天竟成了野艾臭蒿？

这难道还有其他缘故？
只因他们不洁身自好！
我以为兰花可信可靠，
谁想到它却虚有其表；
屏弃美质而追随世俗，
虽名列众芳应感羞臊。
花椒专横谗佞又狂傲，
茱萸也想钻进香佩囊。
既然要拼命攀援钻营，
又怎能珍重品洁行芳？
时俗本来就随波逐流，
谁又能没有丝毫变异？
看花椒幽兰尚且如此，
又何况揭车和江离？
只有我这玉佩难能可贵，
秉持冰心美质历时今朝。
芳馨菲菲难以亏损，
芬芳至今犹未减少。
调谐玉佩音韵以自欢娱，
暂且浮游四方觅求美女。
趁着我的佩饰正当璀璨，
我要周游观光上天下地。

原文

灵氛既告余以吉占兮，
历吉日乎吾将行①。
折琼枝以为羞兮②，
精琼爢以为粻③。
为余驾飞龙兮，
杂瑶象以为车④。
何离心之可同兮？

吾将远逝以自疏！
邅吾道夫昆仑兮⑤，
路修远以周流。
扬云霓之晻蔼兮⑥，
鸣玉鸾之啾啾⑦。
朝发轫于天津兮⑧，
夕余至乎西极。
凤皇翼其承旂兮⑨，
高翱翔之翼翼⑩。
忽吾行此流沙兮⑪，
遵赤水而容与⑫。
麾蛟龙使梁津兮⑬，
诏西皇使涉予⑭。
路修远以多艰兮，
腾众车使径待⑮。
路不周以左转兮，
指西海以为期！
屯余车其千乘兮，
齐玉轪而并驰⑯。
驾八龙之蜿蜿兮，
载云旗之委蛇⑰。
抑志而弭节兮⑱，
神高驰之邈邈⑲。
奏九歌而舞韶兮⑳，
聊假日以媮乐㉑！
陟陞皇之赫戏兮㉒，
忽临睨夫旧乡㉓！
仆夫悲余马怀兮㉔，
蜷局顾而不行㉕。
乱曰㉖：
已矣哉！

国无人莫我知兮，
又何怀乎故都？
既莫足与为美政兮㉗，
吾将从彭咸之所居！㉘

注释

①历：选择。

②羞：通馐：腊肉，泛指菜肴。

③精：精选。琼爢（mí）：玉屑粻（zhāng）：粮食。

④杂：兼用。瑶：美玉。象：象牙。

⑤邅（zhān）：转道。

⑥云霓：指旌旗。晻蔼：遮天蔽日的样子。

⑦玉鸾：玉铃，形如鸾鸟。啾啾：铃声。

⑧天津：银河，古代也叫天河、天江、天汉。在天上东方箕星与南斗星之间。

⑨承：接。

⑩翼翼：整齐谐和、悠闲自得的样子。

⑪流沙：神话中的西方沙漠，那里的沙流动不停。

⑫遵：沿着。赤水：神话中的水名，源于昆仑山。容与：徘徊，缓行。

⑬麾：指挥。梁：桥梁，在此做动词，架桥。津：渡口。

⑭诏：命令。西皇：神话中的古帝少皞氏，是西方之神。涉予：渡我过去。

⑮腾：传令。径：直接。待：侍，侍卫。

⑯轪：车轮。

⑰委蛇：舒卷自如的样子。

⑱弭：止。节：鞭。

⑲神：神思、思绪。高驰：高飞。邈邈：遥远的样子。

⑳韶：九韶，传说是虞舜时的乐舞。

㉑假日：假借时日。媮：同愉，乐。

㉒陟：上升。陞：同升。陞皇：初升的太阳。赫戏：大放光明的样子。

㉓临：俯临。睨：旁视。

㉔怀：思念。

㉕蜷局：卷曲不伸。顾：回头。

㉖乱：古代乐歌中结尾时的齐奏合唱，即尾声。楚辞源于乐歌，所以不少篇章都有“乱”词。从诗的结构看，乱词是总括全篇要旨的话，即全篇的结语。

㉗美政：理想的政治。

㉘彭咸：相传殷朝贤大夫，因劝谏国君不被采纳，投水自尽。这句的意思是要效法彭咸投水自杀。

译文

灵氛已告诉我占卜吉祥，
选好吉日我将远走他乡。
折下琼枝做成珍馐美味，
精选玉屑作为点心干粮。
为我驾驭飞龙腾云驾雾，
兼用美玉象牙镶成车舆。
离心离德的人如何同行？
我将远走高飞离群索居。
我转道驰向西边昆仑，
路程遥远我观景周游。
扬起云霞遮天蔽日，
鸣响玉铃乐音啾啾。
清晨出发于天河渡口，
黄昏我来到西天尽头。
凤凰的彩翼连接云旗，
高高地翱翔悠闲自由。
忽然我行经西方这片流沙，
沿着赤水河我从容漫游。
指挥蛟龙在渡口架桥梁，
诏令西皇使我渡过河流。
道路漫长啊旅途多艰，

我传令众车侍候两边。
路过不周山朝左转弯，
指定西海为会合地点。
我屯集着成千的车舆，
列齐玉轮就并驾齐驱。
各驾御八龙蜿蜒前进，
车载的云旗瑰丽飘逸。
我抑住激情住鞭停车，
神思邈邈而高高飞驰。
奏响《九歌》跳起《韶》舞，
聊借这时光欢悦愉乐！
初升的太阳光芒万丈，
忽然我们瞧见可爱的故乡！
车夫悲泣我的马也怀恋，
蜷身顾首不愿行往他邦。
尾声：
算了吧！
楚国既然没有人了解我，
我又何必苦苦眷怀故都？
既然没有人能同我实行美政，
我将追随彭咸前往他的居处！

九 歌

《九歌》是屈原在民间歌谣之基础上改编润色或重新创作的一组楚人祭神娱神的乐舞歌词。

《九歌》之名来源于夏代，《离骚》中有“启九辩与九歌兮，夏康娱以自纵”。《天问》《左传》《山海经》均提到它并说它是夏代乐歌。神话中说它是夏启从天帝处盗来的。其实大约是夏朝的祭神乐歌流传到楚地民间，因而演化成楚人民间祭祀神祇的乐舞歌词。屈原在流放沅湘流域时，见这些民间祭祀歌词较为鄙陋，于是进行了收集加工甚至重新创作。

《九歌》共十一篇。除《礼魂》外，十篇各祭一神。这些神有三种：一种是天上的神，如《东皇太一》《云中君》《大司命》《少司命》《东君》；一种是地上的神，如《湘君》《湘夫人》《河伯》《山鬼》；一种是为国牺牲者，如《国殇》。

《九歌》精巧别致，风格清新，想象优美，辞采绚丽，形象逼真，爱情纯挚，人神一体，情景交融。既有浓郁的民歌色彩，反映了楚地人民对神祇的敬畏颂祷之情和对幸福生活、美好爱情的祈愿；又有极高的艺术水准，融入了屈原深邃的人生感喟和拳拳的爱国情愫。

东皇太一

东皇太一是太皇玉帝的意思，是楚人对最高天帝的称呼。因其祠宇设在东方，故称“东皇”；“太一”是至高无上的天神之意。

这是一首由巫者合唱来迎迓颂扬东皇太一的祭祀乐歌。因为降临的是最崇高的天帝，所以诗中描写的场面虔诚肃穆，祭品丰富，鼓乐齐鸣，气氛隆重。

原文

吉日兮辰良，

穆将愉兮上皇[①]。
抚长剑兮玉珥[②]，
璆锵鸣兮琳琅[③]。
瑶席兮玉填[④]，
盍将把兮琼芳[⑤]。
蕙肴蒸兮兰藉[⑥]，
奠桂酒兮椒浆[⑦]。
扬枹兮拊鼓[⑧]，
疏缓节兮安歌，
陈竽瑟兮浩倡[⑨]。
灵偃蹇兮姣服[⑩]，
芳菲菲兮满堂。
五音纷兮繁会[⑪]，
君欣欣兮乐康！

注释

①穆：肃穆。愉：通“娱”，使之快乐。上皇：东皇太一。

②抚：抚握。珥：剑鼻，在剑柄上，此指剑柄。

③璆锵（qiú qiāng）：佩玉相击之声。琳琅：美玉名。

④瑶：同蒻；瑶席即蒻草编的席子。玉填：压席的玉器。

⑤盍：合，集。将：举。把：持。琼芳：玉色之花。

⑥肴蒸：祭祀用的肉类菜肴。藉：衬垫。

⑦奠：祭献。

⑧枹：鼓槌。拊：敲击。

⑨陈：列。倡：同唱。

⑩灵：神灵，指东皇太一。《九歌》中的“灵”均指所祀之神。偃蹇：舞姿轻盈。姣：美丽。

⑪五音：我国古代音乐的音阶，宫、商、角、徵、羽。

译文

美景良辰吉祥日，

肃穆虔敬娱东皇。
手抚长剑握玉柄，
满身玉佩响铿锵。
瑶席四角放玉填，
玉花摆设散芬芳。
香蕙裹肉兰叶垫，
祭献桂酒花椒浆。
扬起鼓槌敲鼓响，
节奏疏缓歌悠扬，
吹竽弹瑟高声唱。
东皇飘舞霓裳美，
芳香菲菲溢满堂。
五音繁会齐鸣奏，
神君欢欣又健康！

云 中 君

云中君就是云神。古代神活中云神又叫丰隆或屏翳。

云能化雨，雨润山川。人们渴望风调雨顺、五谷丰登，因而对云神充满敬仰和思慕。

诗歌用云的特征描绘云神形象。在赞颂云神之中，倾注了人们对他深深的眷恋之情。

这是一篇以女巫迎神的语气而唱的祭祀乐歌。

原文

浴兰汤兮沐芳①，
华采衣兮若英②。
灵连蜷兮既留③，
烂昭昭兮未央④。
蹇将憺兮寿宫⑤，
与日月兮齐光；

龙驾兮帝服⑥，
聊翱游兮周章⑦。
灵皇皇兮既降⑧，
猋远举兮云中⑨；
览冀州兮有余⑩，
横四海兮焉穷⑪？
思夫君兮太息⑫，
极劳心兮忡忡⑬。

注释

①沐：洗发。古人祭祀前必须斋戒，用兰汤沐浴。

②华采：色彩艳丽。英：花。

③连蜷（quán）：宛转蜷曲的样子。既留：已留在云中。

④烂昭昭：灿烂明亮。未央：未尽。

⑤蹇（jiǎn）：发语词。憺（dàn）：安宁、安乐。寿宫：神坛，供神之处。

⑥龙驾：龙拉的车。帝服：穿天帝般的服饰。

⑦聊：暂且，姑且。周章：周游往来。

⑧皇皇：同煌煌，辉煌灿烂。降：从天降临。

⑨猋（biāo）：迅速。远举：高飞远走。

⑩冀州：古代中国划分为冀、兖、青、徐、扬、荆、豫、梁、雍九州，冀州为九州之首，常用以代指中国。有余：指云神视野超出中国。

⑪四海：古人认为中国周边有东西南北四海包围，横四海即指飞行天下。焉：何。穷：穷尽，止境。

⑫夫：语气词。君：指云神。

⑬劳心：忧心。忡忡：忧虑不安。

译文

兰汤洗浴啊，芳水沐发，
华丽衣裳啊，美如鲜花。
云神翩跹啊，留连云端，

光明灿烂啊，无比辉煌。
神将安享啊，寿宫之上，
要与日月啊，同放光芒。
驾驭龙车啊，身着帝服，
姑且翱游啊，盘桓四方。
神灵煌煌啊，已经降临，
忽又远翔啊，回到云中。
俯瞰中国啊，一览无余，
横越四海啊，无穷无尽。
思念神君啊，长声叹息，
忧心忡忡啊，寸断柔肠。

湘　君

传说帝舜继承帝尧的王位后，治理洪水，平定天下，之后巡视南方，死于苍梧之野，葬在九嶷山。舜的二妃娥皇和女英，是尧的两个女儿，起初没有随舜南巡，后赶到洞庭湖的君山，闻知舜已死，便南望痛哭，泪洒斑竹，随之投湘水殉节，化为湘水女神，号湘夫人。因为舜死葬的苍梧和九嶷是湘水发源地，舜便化为湘水男神，号湘君。

这个凄婉动人的爱情故事深深地感动着湘江两岸的楚国人民，他们把湘君和湘夫人当作心目中崇拜的湘水配偶神，进行祭祀歌颂。

《湘君》和《湘夫人》是姊妹篇。《湘君》是女巫饰为湘夫人所唱的思慕湘君的歌词，诗中写湘夫人楚楚动人、泪眼望穿地盼湘君，却见湘君在水洲犹豫徘徊吹着排箫，误以为他在思恋别人，气恼之下，驾舟北行到洞庭而后又到北渚，然而又情思难舍涕泪横流，怨恨之余只得自我宽心。《湘夫人》是男巫饰为湘君所唱的思恋湘夫人的歌词，诗中写湘君登高遥望渴盼湘夫人，用花草、桂木、紫贝、石兰做好新房，迎候美丽的湘夫人。然而终未迎到，百感交集，只好逍遥解愁。这两首诗歌形象鲜明，生动可爱；景色优美，情致动人；爱情缠绵，情真意切，可谓爱悠悠怨悠悠。

原文

君不行兮夷犹①，

蹇谁留兮中洲[2]？
美要眇兮宜修[3]，
沛吾乘兮桂舟[4]。
令沅湘兮无波，
使江水兮安流；
望夫君兮未来[5]，
吹参差兮谁思[6]？
驾飞龙兮北征[7]，
邅吾道兮洞庭。
薜荔柏兮蕙绸[8]，
荪桡兮兰旌[9]。
望涔阳兮极浦[10]，
横大江兮扬灵[11]；
扬灵兮未极[12]，
女婵媛兮为余太息[13]。
横流涕兮潺湲[14]，
隐思君兮陫侧[15]。
桂棹兮兰枻[16]，
斫冰兮积雪[17]；
采薜荔兮水中，
搴芙蓉兮木末[18]。
心不同兮媒劳，
恩不甚兮轻绝[19]！
石濑兮浅浅[20]，
飞龙兮翩翩[21]。
交不忠兮怨长，
期不信兮告余以不闲[22]！
朝骋骛兮江皋[23]，
夕弭节兮北渚[24]；
鸟次兮屋上[25]，
水周兮堂下[26]。

捐余玦兮江中[27]，
遗余佩兮澧浦[28]；
采芳洲兮杜若，
将以遗兮下女[29]；
时不可兮再得，
聊逍遥兮容与[30]！

注释

①君：指湘君。夷犹：犹豫。

②谁留：为谁而留。中洲：洲上。洲：水中陆地。

③要眇（yāomiǎo）：美好的样子。宜修：修饰得恰到好处。

④沛：顺流而下，畅通无阻的样子。

⑤夫：指示代词，那。

⑥参差：吹奏乐器，排箫。谁思：思谁。

⑦飞龙：指龙船，即前面所说的桂舟。

⑧柏：箔，即帘。绸：通帱，帐子。

⑨荪（sūn）：溪荪，香草名。桡：短桨。

⑩涔（cén）阳：地名。极浦：遥远的水滩。浦：水滨、水滩。

⑪横：渡。大江：长江。扬灵：王逸《楚辞章句》："扬己精诚。"

⑫极：至。

⑬女：侍女。婵媛：关心痛恻的样子。

⑭潺湲：泪流不止的样子。

⑮隐：伤痛。陫侧：即悱恻，内心悲痛。

⑯棹：桨。枻：舵

⑰斫（zhuó）：砍开，劈开。

⑱搴（qiān）：摘取。芙蓉：荷花。木末：树梢。

⑲甚：深。

⑳濑：浅滩上的流水。浅浅（jiān）：水流得很快的样子。

㉑翩翩：轻快的样子。

㉒期：约会。

㉓骋骛（wù）：奔驰。皋（gāo）：水边。

㉔渚（zhǔ）：水中小洲。

㉕次：停宿，栖息。

㉖周：环绕。

㉗玦（jué）：环形而有缺口的佩玉。

㉘遗：丢下。

㉙遗（wèi）：赠。

㉚容与：徘徊，漫步。

译文

犹豫徘徊君不走，
为谁逗留洲里头？
美丽靓妆迎接你，
湍流中我乘桂木舟。
令沅湘之水息波涛，
使长江之水平稳流。
泪眼望穿君不来，
吹响排箫把谁求？
我驾龙舟朝北行，
转个弯儿到洞庭。
薜荔为帘蕙为帐，
荪草饰桨兰饰旌。
极目聘怀望涔阳，
我表精诚渡大江。
精诚所至您不来，
侍女为我也感伤。
涕泪横流止不住，
悲思湘君痛断肠。
桂木桨，兰木舵，
凿冰除雪开航道。
采薜荔却到水中，
摘荷花竟上树梢。

两心不同媒徒劳，
恩爱不深易断绝。
石滩之流呀浅浅，
飞龙之舟啊翩翩。
爱情不忠怨绵绵，
失约却说没空闲。
清晨我驰骋江畔，
傍晚到北渚停鞭。
鸟儿栖息屋上头，
水流清清绕堂前。
我把玉玦捐江中，
佩饰丢在澧水滨。
采集香草芳洲上，
宁愿赠给穷侍女。
美景良辰不再得，
姑且逍遥解愁肠。

湘夫人

这首诗歌是湘君思恋湘夫人之词，全篇由饰为湘君的主巫演唱。

原文

帝子降兮北渚①，
目眇眇兮愁予②；
袅袅兮秋风，
洞庭波兮木叶下③。
登白薠兮骋望④，
与佳期兮夕张⑤；
鸟何萃兮蘋中⑥？
罾何为兮木上⑦？

沅有芷兮澧有兰，
思公子兮未敢言[8]；
荒忽兮远望[9]，
观流水兮潺湲。
麋何食兮庭中？
蛟何为兮水裔[10]？
朝驰余马兮江皋，
夕济兮西澨[11]；
闻佳人兮召予，
将腾驾兮偕逝[12]。
筑室兮水中，
葺之兮荷盖[13]，
荪壁兮紫坛[14]，
播芳椒兮成堂[15]。
桂栋兮兰橑[16]，
辛夷楣兮药房[17]，
罔薜荔兮为帷[18]，
擗蕙櫋兮既张[19]。
白玉兮为镇[20]，
疏石兰兮为芳[21]，
芷葺兮荷屋，
缭之兮杜衡[22]。
合百草兮实庭[23]，
建芳馨兮庑门[24]。
九嶷缤兮并迎，
灵之来兮如云。
捐余袂兮江中，
遗余褋兮澧浦。
搴汀洲兮杜若，
将以遗兮远者。
时不可兮骤得，

聊逍遥兮容与。

注释

①帝子：指湘夫人。古人称儿女均作“子”，帝子犹后世公主。

②眇眇：远望的样子。

③波：动词，起水波。木叶：树叶。

④登：此字原无，据朱熹《楚辞集注》补。薠（fán）：秋生水草。骋望：放眼远望。

⑤佳：佳人，指湘夫人。张：张罗布置。

⑥萃（cuì）：聚集。蘋：浮萍之类。

⑦罾（zēng）：鱼网。

⑧公子：指湘夫人。古代贵族称公族，贵族子女不论性别都可称公子。

⑨荒忽：恍惚，渺渺茫茫、看不清楚的样子。

⑩水裔：水边。

⑪澨：水边。

⑫偕逝：同往。

⑬葺（qì）：用茅草盖屋顶，此泛指盖屋顶。

⑭紫：紫贝。坛：中庭。

⑮成：通盛，涂饰。

⑯栋：屋梁。橑（lǎo）：屋椽（chuán）。

⑰辛夷：香木名。药：香草名，即白芷。

⑱罔（wǎng）：通网，作动词，编结。

⑲擗（pǐ）：分开。櫋（mián）：屋檐板。既张：已经张挂好了。

⑳镇：镇席，压住坐席的东西。

㉑疏：散布，分布。

㉒缭：缠绕。

㉓合：汇集。百草：各种香草。实：充满。

㉔庑（wǔ）：堂下周围的廊屋。

译文

美丽公主降北渚，

望眼欲穿愁杀我。
袅袅秋风轻吹拂，
洞庭波涌树叶落。
我登上白薠纵眼遥望，
与佳人约会已备妥当。
水鸟为何聚集水蘋中？
鱼网为何挂在树梢上？
沅水有白芷澧水有香兰，
思慕公主啊我未敢明言。
恍惚迷茫远望前方，
唯见流水潺潺湲湲。
麋鹿为何觅食到庭院？
蛟龙为何遨游浅水滩？
清晨我驰马在江堤，
傍晚我摆渡西岸边。
欣闻佳人召唤我，
我将飞驰去同欢。
宫室筑于水中央，
荷叶覆盖房顶上。
溪荪饰壁紫贝砌坛，
播撒芳椒铺满厅堂。
桂木栋梁木兰屋椽，
辛夷门楣白芷房。
编结薜荔作帷幔，
掰开蕙草当帘帐。
白玉用来镇坐席，
疏置石兰气芬芳。
白芷覆盖荷叶房，
杜衡缭绕屋四墙。
汇合百草满庭院，
集聚芳馨溢门廊。

九嶷仙子纷迎候，
百神云集在一堂。
我把夹袄捐江中，
单衫送给澧水滨。
汀洲上面采杜若，
想送远方俏佳人。
美好时光不多得，
暂且逍遥散愁心。

大司命

大司命是主宰世人寿夭生死的神。

《大司命》中描写的这位威严天神腾云御风，君临人间，掌管寿夭，神秘莫测。人们既敬畏大司命，又渴望与他亲近，表现了世人祈求延年益寿和珍爱生命的美好愿望。

这篇乐歌由迎神者唱颂。译诗中有引号的是饰为大司命的男巫唱的，其余是迎神巫女唱的。男女互相唱和，颇有人神恋爱的味道。

原文

广开兮天门，
纷吾乘兮玄云①；
令飘风兮先驱②，
使涷雨兮洒尘③。
君回翔兮以下④，
逾空桑兮从女⑤。
纷总总兮九州，
何寿夭兮在予⑥！
高飞兮安翔，
乘清气兮御阴阳⑦；
吾与君兮齐速，
导帝之兮九冈⑧。

灵衣兮被被[9]，
玉佩兮陆离[10]；
壹阴兮壹阳，
众莫知兮余所为。
折疏麻兮瑶华[11]，
将以遗兮离居[12]；
老冉冉兮既极，
不寖近兮愈疏[13]。
乘龙兮辚辚[14]，
高驰兮冲天。
结桂枝兮延伫，
羌愈思兮愁人！
愁人兮奈何，
愿若今兮无亏[15]；
固人命兮有当[16]，
孰离合兮可为[17]？

注释

①纷：浓密的样子。玄云：乌云。

②飘风：旋风。

③涑雨：暴雨。

④君：主巫对大司命的尊称。

⑤空桑：神话中的山名。女：同汝，指大司命。

⑥寿：长寿。夭：短命。

⑦清气：天地间清明之气。阴阳：我国古代辩证思想中两个对立的基本概念，阴代表地、柔、死……阳代表天、刚、生……阴阳二气的运动能促使万物发展变化。

⑧九冈：山名。

⑨被被：同披披，飘动的样子。

⑩陆离：光彩闪烁。

⑪疏麻：神麻。瑶华：玉色的花。

⑫遗（wèi）：赠。离居：离居的人，指大司命。
⑬寖近：稍稍亲近。
⑭龙：龙车。辚辚：车声。
⑮无亏：指身体健康无损。
⑯当：定规。
⑰离合：指神和人的离别、会合。为：人为。

译文

“敞开天宫的大门，
我乘着稠密的乌云。
令旋风啊开路先行，
使暴雨啊洒涤征尘。”
司命神君回翔降临，
越过空桑山跟随你。
“九州中的芸芸众生，
生死为何由我决定？”
高高腾飞，缓缓翱翔，
乘着清气，驾御阴阳。
我愿随君，亦步亦趋，
引导帝神，前往九冈。
“云衣霓裳随风飘扬，
美玉佩饰斑斓生光。
一阴一阳变幻莫测，
谁也不知我的名堂。”
折下疏麻玉花含馨，
将赠这位离居神明。
衰老之年渐渐来临，
不亲近神更疏远感情。
司命乘龙车声辚辚，
高高驰骋冲向苍旻。
我们编结桂枝久久等待，

愈思念您愈是伤心。
愁眉苦脸又有何用，
唯愿康宁永如今天。
人的命运既然有定，
悲欢离合岂能由人？

少 司 命

少司命是主宰子嗣生育和儿童命运的女神。

这首诗歌塑造了一位手挺长剑、怀抱幼儿、美貌善良、护佑民众的栩栩如生的女神形象。人神友善，感情真挚，景物优美，具有很高的美学价值。

全诗由饰为少司命的主巫与代表人间妇女的群巫轮唱。

原文

秋兰兮麋芜①，
罗生兮堂下。
绿叶兮素华②，
芳菲菲兮袭予。
夫人自有兮美子③，
荪何以兮愁苦④？
秋兰兮青青⑤，
绿叶兮紫茎；
满堂兮美人，
忽独与余兮目成⑥。
入不言兮出不辞，
乘回风兮载云旗⑦。
悲莫悲兮生别离，
乐莫乐兮新相知。
荷衣兮蕙带，
倏而来兮忽而逝⑧。
夕宿兮帝郊⑨，

君谁须兮云之际⑩？
与女沐兮咸池⑪，
晞女发兮阳之阿⑫；
望美人兮未来，
临风怳兮浩歌⑬。
孔盖兮翠旌⑭，
登九天兮抚彗星⑮；
竦长剑兮拥幼艾⑯，
荪独宜兮为民正⑰！

注释

①秋兰、麋芜：均为香草名。

②素华：素花，白花。

③夫：发语词。人：人们。美子：美好的子女，古代男女均可称子。

④荪（sūn）：香草名，即溪荪。这里借指少司命。

⑤青青：菁菁的假借字，茂盛的样子。

⑥目成：眉目传情。

⑦回风：旋风。云旗：以云为旗。

⑧倏（shū）、忽：均表示忽然。逝：往。

⑨帝郊：天帝的郊野。

⑩须：等待。谁须：须谁。

⑪女：同汝。咸池：神话中的天池。

⑫晞：晒干。阳：太阳。阿：弯曲之处。阳之阿：神话中日出的旸（yáng）谷。

⑬怳：怳惚，心神不定的样子。浩歌：大声歌唱。

⑭孔盖：用孔雀毛做车盖。翠：翡翠鸟。旌：旗杆顶上的装饰。

⑮抚：降服。彗星：俗称扫帚星，传说是为害人类的灾星。

⑯竦（sǒng）：挺耸。幼艾：指儿童。

⑰荪：指少司命。宜：适合。正：主宰。

译文

秋兰花，麋芜芽，

缠丝牵藤满堂下。
翠绿叶，洁白花，
芳香菲菲飘我家。
世人自有好儿女，
少司命何苦愁牵挂。
秋兰叶，青又青，
绿叶扶疏映紫茎。
满堂啊，美人儿，
独对我凝眸传真情。
来不言，出不辞，
乘风驾云回天庭。
悲伤莫过生别离，
快乐莫过知己新。
荷叶衣，蕙草带，
您来去倏忽似风飘。
夜晚歇宿天帝之郊，
您为谁等待在云霄。
愿与你洗发咸池里，
想看你晒发旸谷坡。
渴望美人啊你未来，
临风高唱失意的歌。
孔雀车盖翠羽旌，
您登上九天降彗星。
仗长剑，抱幼童，
唯独您最能护百姓！

东　君

东君就是太阳神。

这是一首楚人祭祀和礼赞太阳神的颂歌。全诗可分四节：描写太阳神冉冉升起东方，蓝天大地曙光万丈；人们载歌载舞，百乐齐鸣，迎接赞美太阳神；太阳神高擎长箭射杀天狼，为民祛灾驱邪；最后太阳神匆匆西降，在茫茫夜色中赶回东方。

全诗由饰为东君的主巫与群巫相互唱和。

原文

暾将出兮东方①，
照吾槛兮扶桑；
抚余马兮安驱②，
夜皎皎兮既明③。
驾龙辀兮乘雷④，
载云旗兮委蛇⑤；
长太息兮将上，
心低徊兮顾怀⑥。
羌声色兮娱人⑦，
观者憺兮忘归⑧。
緪瑟兮交鼓⑨，
箫钟兮瑶虡⑩；
鸣篪吹竽⑪，
思灵保兮贤姱⑫；
翾飞兮翠曾⑬，
展诗兮会舞⑭；
应律兮合节，
灵之来兮蔽日⑮。
青云衣兮白霓裳⑯，
举长矢兮射天狼⑰；
操余弧兮反沦降⑱，
援北斗兮酌桂浆⑲；
撰余辔兮高驰翔⑳，
杳冥冥兮以东行㉑。

注释

①暾（tūn）：初升的太阳。

②安驱：徐缓地奔驰。

③皎皎：明亮。

④辀：车辕，此指车。乘雷：车轮滚动声响如雷。

⑤云旗：以云霞为旗。委蛇：舒卷自如的样子。

⑥低徊：流连，依依不舍。顾怀：回顾怀念。

⑦声色：指祭神的场面载歌载舞，色彩缤纷。

⑧憺：安乐。

⑨緪（gēng）：紧，把弦绷紧。瑟：弹拨乐器。交鼓：相对击鼓。

⑩箫：敲击。瑶：同摇。虡（jù）：挂钟的木架。

⑪篪：同篪（chí），管乐器。竽：吹奏乐器。

⑫思：发语词。灵保：指扮神的巫。姱（kuā）：美好。

⑬翾：轻捷。翠：翠鸟。曾：当作翻（zēng），展翅。

⑭展诗：陈诗，展开诗章来唱。

⑮蔽日：形容众多。

⑯青云衣：以青云为上衣。白霓裳：以白虹为下装。霓：副虹。

⑰矢：箭。天狼：星名，古人认为它是专造灾祸的恶星。

⑱弧：弓，与矢合称弧矢星，形如弓箭。弧矢星又称天弓星。反：同返。沦降：降落。

⑲援：拿起。北斗：星名，形似舀酒的斗。桂浆：桂花酒。

⑳撰：持。辔：马缰绳。

㉑杳（yǎo）：深远的样子。冥冥：黑暗。东行：古人认为，太阳白天西行，夜里又要在大地背面赶回东方。

译文

旭日将要跃出东方，
照耀我的栏杆扶桑。
我轻抚马儿徐徐奔，
夜色皎皎已现曙光。
驾龙车，声如雷，
云旗招展载车上。
长叹息我将升天，

心恋居处回顾彷徨。
祭神的歌舞令人醉，
观者流连忘返喜洋洋。
弹着瑟，击着鼓，
敲钟撞得木架摇。
吹响乐管和竽笙，
巫女贤淑兼美貌。
舞姿翩跹像翠鸟，
齐唱共舞颂东君。
歌合律，舞合拍，
众神迎接东君到。
青云衣，白霓裳，
高举长箭射天狼。
我挽弓箭朝西降，
端起北斗畅饮桂花琼浆。
抓紧我的马缰高高飞翔，
漆黑的夜空中赶回东方。

河　伯

河伯是黄河之神。河伯之名，始见于《庄子·秋水篇》。

这篇祭祀黄河之神的诗歌，由男巫饰神演唱。迎神巫者想象着与河伯在狂风洪波中乘坐龙驾的水车，遨游昆仑山和河伯的神宫水府，继而又同乘白鼋携手东行依依难舍的情景，表现了人们渴望与河伯建立友情以及祈望河伯不为水患灌溉良田、保佑人民平安、五谷丰登的美好愿望。

原文

与女游兮九河[①]，
冲风起兮横波[②]。
乘水车兮荷盖，
驾两龙兮骖螭[③]。

登昆仑兮四望[4]，
心飞扬兮浩荡。
日将暮兮怅忘归[5]，
惟极浦兮寤怀[6]。
鱼鳞屋兮龙堂，
紫贝阙兮朱宫[7]，
灵何为兮水中[8]。
乘白鼋兮逐文鱼[9]，
与女游兮河之渚，
流澌纷兮将来下[10]。
子交手兮东行[11]，
送美人兮南浦[12]。
波滔滔兮来迎，
鱼邻邻兮媵予[13]。

注释

①女：汝，指河伯。九河：传说大禹治黄河，开了九条河道，这里泛指黄河众支流。

②冲风：狂风，暴风。横波：掀起大波。

③骖（cān）：古人用四马驾车，中间的两匹叫“服”，两边的两匹叫“骖”。螭（chī）：神话中的无角的龙。

④昆仑：古人认为是黄河的发源地。

⑤怅：同“憺（dàn）”，迷恋，安乐。

⑥惟：只。极浦：黄河涯际。寤怀：寤寐怀念的意思。

⑦阙：宫门前两边高耸的望台。朱：同“珠”。

⑧灵：这里指河伯。

⑨鼋：一种大鳖。白鼋和文鱼是古代传说中的神异水族。

⑩流澌（sī）：融解的冰块。一说即流水。

⑪子：您，指河伯。交手：携手。

⑫美人：指河伯。南浦：南方的水滨。

⑬邻邻：连贯衔接有次序。媵（yìng）：陪伴，跟随。

译文

与你同游九曲黄河，
狂风骤吹洪波涌起。
乘坐水车碧荷当盖，
两龙驾辕两螭作骖。
登上昆仑眺望四方，
心绪飞扬神思浩荡。
日暮苍茫迷恋忘归，
我只思念遥远水乡。
鱼鳞盖屋龙甲筑堂，
紫贝城阙珍珠宫殿，
河伯为何居水中央？
乘着白鼋追逐文鱼，
和你同游黄河浅滩，
流冰纷纷冲将下来。
你我携手向东行进，
我送您到南方水滨。
波浪滔滔前来欢迎，
鱼儿列队伴随我们。

山　鬼

山鬼即山神，这首诗的山神指的是巫山神女。

诗歌里的巫山神女美丽窈窕，温柔贤淑，凄清孤寂，多情善感；痴心等待梦中情人，热烈向往真挚爱情。巫山神女的纯情少女形象和对爱情的渴望，实际上是人间男女对爱情的追求和美好理想的反映。诗歌形象优美，感情纯真，情景交融。传说屈原写完《山鬼》时，四山忽啾啾若啼啸，声闻十里外，草木全都萎死。

原文

若有人兮山之阿①，
被薜荔兮带女萝②；
既含睇兮又宜笑③，
子慕予兮善窈窕④。
乘赤豹兮从文狸⑤，
辛夷车兮结桂旗⑥；
被石兰兮带杜衡，
折芳馨兮遗所思。
余处幽篁兮终不见天⑦，
路险难兮独后来⑧。
表独立兮山之上⑨，
云容容兮而在下⑩。
杳冥冥兮羌昼晦⑪，
东风飘兮神灵雨⑫。
留灵修兮憺忘归⑬，
岁既晏兮孰华予⑭！
采三秀兮於山间⑮，
石磊磊兮葛蔓蔓⑯。
怨公子兮怅忘归，
君思我兮不得闲。
山中人兮芳杜若⑰，
饮石泉兮荫松柏⑱；
……
君思我兮然疑作⑲。
雷填填兮雨冥冥⑳，
猿啾啾兮狖夜鸣㉑；
风飒飒兮木萧萧，
思公子兮徒离忧㉒！

注释

①若：发语词。人：指山鬼。阿：弯曲处。山之阿：山凹。

②被：同披。薜荔：常绿灌木。带：以……为带子。女罗：同女萝，蔓生植物。

③含睇（dì）：含情微视。睇：微微斜视。宜笑：笑起来好看、自然得体。

④子：你，指山鬼的恋人。予：我，山鬼自指。善：善于。窈窕：娇美的姿态。

⑤乘：驾车。从：跟随。文：通纹，花纹。狸：灵猫、香狸。

⑥辛夷：木兰一类的花树。

⑦幽篁（huáng）：竹林深处。篁：竹林。

⑧后来：迟到。

⑨表：突出。

⑩容容：通溶溶，水流的样子，此处形容云如水一般在飘浮流动。

⑪昼晦：白天昏暗。

⑫飘：风刮得很大的样子。神灵：雨神。雨：降雨。

⑬留灵修：为灵修而留。灵修：指山鬼的恋人。

⑭晏：晚。岁既晏：年华已老。华：同花，此作动词。华予：使我再像花一样美。

⑮三秀：灵芝草。秀：开花。灵芝一年开花三次，故名。於山：巫山。

⑯磊磊：乱石堆积的样子。葛：植物名，藤本蔓生。

⑰山中人：山鬼自指。杜若：香草名。芳杜若：芳香如杜若。

⑱石泉：山中泉水。荫：遮蔽。

⑲然：诚然，相信。疑：怀疑，与然相对。作：产生。

⑳填填：雷声，等于说隆隆。

㉑啾啾：猿的叫声。狖（yòu）：黑色长尾猿。

㉒徒：徒然，白白地。离：通罹，遭受。

译文

有个人儿在深山坳，

薜荔披身女萝系腰。
含情流盼嫣然一笑，
你爱慕我美丽窈窕。
乘赤豹啊随花狸，
辛夷车啊插桂旗。
披着石兰结着杜衡，
折枝香花赠送情人。
我居竹林深处不见天，
道路险峻独来迟一点。
孤零零兀立高山之巅，
云海茫茫飘荡脚下边。
山色幽冥啊白昼晦暗，
东风呼啸神灵降雨寒。
我痴情等你留连忘返，
红颜凋谢青春难再现。
采撷灵芝在巫山间，
岩石磊磊葛藤蔓蔓。
抱怨公子惆怅忘归，
君或许想我却没空闲。
山中人杜若般芳洁，
饮石泉居住松柏间。
惦念公子暗自揣度。
君是否想我信疑参半。
雷声隆隆细雨濛濛，
猿啼啾啾划破夜空。
凉风飒飒落木萧萧，
思慕公子空自忧伤。

国　殇

这是一首祭祀为国牺牲的英雄的诗歌。

国殇，指为国牺牲的将士。他们为国捐躯，国家是他们的祭主，所以称之为国殇。

诗歌用饱蘸深情、细致凝重的笔调，描绘了一次悲壮惨烈、血流成河的战斗场面；颂扬了楚国将士奋勇杀敌、视死如归的英雄气概。尽管战斗失败了，楚军将士捐躯原野，但是他们那惊天地泣鬼神的英灵不死！他们那奋勇拼杀、为国牺牲的精神永存！

原文

操吴戈兮被犀甲①，
车错毂兮短兵接②。
旌蔽日兮敌若云，
矢交坠兮士争先③。
凌余阵兮躐余行④，
左骖殪兮右刃伤⑤。
霾两轮兮絷四马⑥，
援玉枹兮击鸣鼓⑦。
天时坠兮威灵怒⑧，
严杀尽兮弃原野⑨！
出不入兮往不反⑩，
平原忽兮路超远⑪。
带长剑兮挟秦弓⑫，
首身离兮心不惩⑬。
诚既勇兮又以武⑭，
终刚强兮不可凌⑮。
身既死兮神以灵⑯，
魂魄毅兮为鬼雄⑰！

注释

①戈：古代一种长兵器，顶端有青铜制的横刃，作战时可击可勾。吴戈：吴地所制的戈，以锋利著名。被：同披。犀甲：犀牛皮做的铠甲。

②错：交错。毂（gǔ）：车轮中心安插车轴的部分。车错毂：指交战双方战车的毂相交错。短兵：短兵器，指刀剑之类。短兵接：指近战，战斗激烈。

③交坠：双方对射，流矢交相坠落。

④凌：侵犯。阵：阵地。躐（liè）：践踏。行：行列。

⑤左骖：驾在左边的骖马，古代一车驾四马，中间的两匹称服，外边的两匹称骖。殪：死。右刃伤：右骖受了刀伤。

⑥霾：通埋。絷（zhí）：绊住。

⑦援：拿着。桴（fú）：鼓槌。

⑧坠：通怼（duì）：恨。天时坠：闻一多认为指“日暮”（《九歌解诂》）。

⑨严：严酷。

⑩反：同返。

⑪忽：渺茫的样子，形容平原辽阔。超远：遥远。

⑫秦弓：秦地制造的弓，指好弓。

⑬惩：戒惧，悔恨。

⑭诚：诚然，确实。

⑮终：始终。

⑯神：精神。灵：显赫。神以灵：神灵显赫，意即精神不死。

⑰魂魄：古人认为神包括魂和魄两个方面。《淮南子·说山训》“魄问于魂”注：“魄，人阴神也；魂，人阳神也。”毅：刚毅。

译文

手中操吴戈，身上披犀甲，
战车轴碰轴，刀剑相拼杀。
旌旗蔽天日，敌人多如麻，
飞箭似雨下，勇士争杀伐。
阵地被攻破，队列遭践踏，
左骖马已死，右骖马受伤。
烂泥陷两轮，缰绳绊四马，

抡起玉鼓槌，战鼓冲天响。
日月暗无光，英灵怒气扬，
惨烈厮杀尽，捐躯原野上。
壮士这一去，永远不复返，
平原苍茫茫，离家路超远。
身带长宝剑，手臂挟秦弓，
身首虽分离，忠心永不变。
真是既英勇，更兼有武功，
意志多刚强，敌不可欺凌。
身躯虽已死，精神却永存，
魂魄真坚毅，做鬼也称雄！

礼魂

《礼魂》是《九歌》中的送神曲。魂就是神，这里指前面所祭祀的诸神灵。

送神是祭礼中最后一个项目，由美丽的女巫领唱领舞，众多青年男女传递鲜花伴唱伴舞。

原文

成礼兮会鼓，
传芭兮代舞①，
姱女倡兮容与②。
春兰兮秋菊，
长无绝兮终古！

注释

①芭：葩，奇花异草。代舞：轮番跳舞。

②姱：美好。倡：唱。容与：从容舒展。

译文

祭礼告成一同敲鼓，
传递鲜花轮番跳舞，
美女唱歌雍容大度。
春兰馥郁秋菊妍丽，
永不凋零千秋万古！

天问

《天问》是屈原创作的第二首气势磅礴恢弘、内容广博深邃、构思瑰丽雄奇的长篇诗歌杰作。

屈原在流放之中，彷徨山泽，忧心国事，来到楚先王庙及公卿祠堂，仰望庙堂里描绘的天地山川神灵及古代的圣贤怪杰等壁画，感慨万千，神思飞扬，上下求索，反复究诘，挥笔著成《天问》这篇包罗万象、精巧绝伦、奇气纵横、独步千古的不朽篇章。

《天问》全篇三百七十余句，一千五百多字；以四言句为主，两句或四句为一组；诘问方式多姿多样；诗歌提出一百七十多个问题，内容涉及天文地理、神话传说、历史兴衰、人物故事等；既体现了诗人渊博精深的知识，深刻的历史反思，不囿于成见的大胆质疑，探索真理的强烈渴望；又如洪兴祖的《楚辞补注》中所说："天固不可问，聊以寄吾之意耳。"或如蒋骥的《山带阁注楚辞》所说："其意念所结，每于国运兴废、贤才去留、谗臣女戎之构祸，感激徘徊，太息而不能自已。"屈原在《天问》的不断诘问之中，熔铸了自己的思想感情和独到见地，具有凝重的历史沧桑感和深邃的哲理性。

译文

曰：遂古之初①，
谁传道之？
上下未形②，
何由考之？
冥昭瞢暗③，
谁能极之？
冯翼惟象④，
何以识之？
明明暗暗，

惟时何为⑤？
阴阳三合⑥，
何本何化⑦？

注释

①遂：通“邃”，远。

②上下：天地。形：形成。

③冥：昏暗，指夜。昭：光明，指昼。瞢（méng）：模糊。

④冯（píng）翼：大气充满宇宙。《淮南子·天文训》：“天地未形，冯冯翼翼。”惟：语气词。象：景象。

⑤时：通“是”，这样。何为：为何。

⑥阴阳：阴阳二气。三：通“参”。参合：参错相合。古代神话讲，天地形成之前，宇宙间只有混沌一团的元气，阴气和阳气掺合就衍生出万物。

⑦本：本源。化：化生。

译文

请问：远古初期的情景，
是谁传述给后代？
天地尚没有形成，
由何处考察出来？
黑夜白昼同样昏暗，
谁能探究其中谜底？
大气弥漫景象浑沌，
凭借什么识别清晰？
白天黑夜终于分明，
这样安排是何原因？
阴阳掺合衍生万物，
哪是本源哪是化生？

原文

圜则九重①，

孰营度之②？
惟兹何功③，
孰初作之？
斡维焉系④？
天极焉加⑤？
八柱何当⑥？
东南何亏⑦？
九天之际⑧，
安放安属⑨？
隅隈多有⑩，
谁知其数？

注释

①圜：同圆，指天。九重（chóng）：九层。

②营：通环，环绕。度：测量。

③兹：此。功：工程。

④斡（guǎn）：闻一多《天问释天》："许谓斡为蠡柄，意谓亦即斗柄也。"就是北斗七星之柄。古人认为北斗之柄是天体运转的枢纽，维星拴在北斗星柄上，斗转则维转，天体也随之运转。维：星名。焉：哪里。

⑤天极：天的顶端。加：架设。

⑥八柱：支撑天的八座山。古代传说有八座山是擎天柱。何当：何在。

⑦亏：塌陷。

⑧九天：指天的中央和八方。际：边界。

⑨安：哪里。属（zhǔ）：连接。

⑩隅（yú）：角落。隈（wēi）：弯曲处。

译文

圆圆天穹共有九层，
是谁环绕度量它的？
这是何等宏伟工程，
是谁最初建造它的？

斗柄绳索系在哪里?
天梁顶端架设哪里?
擎天八柱何方挺立?
东南地势为何低陷?
天中央和八方边界,
各在哪里放置连接?
大地许多角落弯曲,
谁知它们数量多少?

原文

天何所沓①?
十二焉分②?
日月安属?
列星安陈?
出自旸谷③,
次于蒙汜④;
自明及晦⑤,
所行几里?
夜光何德⑥,
死则又育⑦?
厥利维何⑧,
而顾菟在腹⑨?

注释

①沓(tà):会合。有的古人认为天像盖子,盖在地上,所以有与地相接合处。斛律金《敕勒歌》:"天似穹庐,笼盖四野。"

②十二:一年中日月会合的十二辰。

③汤(yáng)谷:旸谷,神话中地名,太阳洗浴和升起的地方。

④次:止息。蒙:蒙水,神话中地名,太阳止息之处。汜(sì):水边。

⑤明:白天。晦:夜晚。

⑥夜光:月亮。德:通"得",得到。

⑦则：而。育：生。《孙子·虚实篇》："月有死生。"古人认为月晦即月亮之死，月明即月亮复生。

⑧厥：其，指月亮。利：益处。

⑨顾：照顾，引申为畜养。菟：同兔。古代神话说月中有嫦娥和玉兔。

译文

天在何处与地会合？
十二辰是怎样等分？
日月怎样附着天上？
群星怎样陈列空中？
太阳黎明出自旸谷，
夜晚栖宿蒙水岸边；
自天亮运行到天黑，
它所行走有多少里？
月亮得到什么神药，
每月都能死而复生？
月亮为了什么好处，
养只玉兔在它腹中？

原文

女歧无合①，
夫焉取九子？
伯强何处②？
惠气安在③？
何阖而晦④？
何开而明？
角宿未旦⑤，
曜灵安藏⑥？

注释

①女歧：神女名，后又演化为星名，即"尾有九子"的九子星。神话传

说女歧无夫，却生了九子。合：婚配。

②伯强：即禺强，风神，又是天上箕星。《山海经·海外北经》：“北方禺强，人面鸟身。”

③惠气：寒风；或曰和顺之气。

④阖：关闭。

⑤角宿（xiù）：星座名，二十八宿之一。角宿是东方的星座，这里用角宿指代东方。旦：天明。

⑥曜（yào）灵：太阳。

译文

女歧之神未曾婚配，
怎么竟有九个孩子？
风神伯强家住何处？
凛冽寒风哪里吹来？
什么门关闭天就黑？
什么门敞开天就亮？
东方没有天亮之前，
太阳藏身什么地方？

原文

不任汩鸿①，
师何以尚之②？
佥曰何忧③，
何不课而行之④？
鸱龟曳衔⑤，
鲧何听焉？
顺欲成功⑥，
帝何刑焉⑦？
永遏在羽山⑧，
夫何三年不施⑨？
伯禹愎鲧⑩，

夫何以变化？

注释

①任：胜任。汩（gǔ）：治理。鸿：通“洪”，洪水。

②师：众人。尚：推举。之：指鲧（gǔn）。

③佥（qiān）：都，全。

④课：试验，考察。行：进行。之：指治水之事。传说尧时洪水肆虐，四方诸侯推举鲧治水，尧不同意，众人建议让鲧试试，尧才同意用鲧治水。鲧治水九年，没有成功。

⑤鸱（chī）：猫头鹰之类的鸟。鸱龟：神话中形状和发声像鸱鸟的龟。曳：拖拉。

⑥顺欲：顺应心愿。

⑦帝：帝尧。

⑧遏：囚禁。羽山：神话中山名，传说在东海滨。

⑨三年：多年的意思。施：释放。

⑩伯禹：即大禹。神话中说禹是鲧死后从鲧的腹中化生出来的。

译文

鲧治洪水不能胜任，
众人为何把他推举？
大家都说何必担忧，
为何不能考察试用？
鸱龟拖拉衔走土石，
鲧为什么听任它们？
治理洪水将要成功，
帝尧为何对鲧施刑？
鲧长期被囚禁羽山，
为何多年仍不释放？
鲧的腹中生出禹来，
这是如何变化育成？

原文

纂就前绪①，
遂成考功②。
何续初继业，
而厥谋不同③？
洪泉极深，
何以填之？
地方九则④，
何以坟之⑤？
应龙何画⑥？
河海何历？
鲧何所营？
禹何所成？
康回冯怒⑦，
地何故以东南倾？

注释

①纂：继续。就：进行。绪：事业。

②遂：终于。考：对亡父的尊称。

③厥：其，指禹。谋：方法。

④九则：九等。则：标准。《尚书·禹贡》记载，禹治水后把全国土地分成九等，按不同标准收赋税。

⑤坟：划分。

⑥应龙：神话中有翼的龙。传说禹治洪水，有应龙前来相助，用尾划地，禹按应龙划迹导水入海。

⑦康回：即共工。冯：盛，大。《淮南子·天文训》记载，共工与颛顼争帝，怒而撞不周山，天柱折断，地维亦绝，因此天倾西北，地不满东南。

译文

大禹继续进行治水，

父业终于大功告成。
为何鲧禹前后治水，
禹的方法会有不同？
洪水泉源深得没底，
禹用何物把它填平？
他把土地分成九等，
依据什么标准划分？
应龙如何划地疏水？
江河入海流经何处？
鲧经营了哪些事情？
禹成就了哪些事情？
共工大怒撞不周山，
大地何故向东南倾？

原文

九州安错①？
川谷何洿②？
东流不溢③，
孰知其故？
东西南北，
其修孰多④？
南北顺椭，
其衍几何⑤？
昆仑县圃⑥，
其尻安在⑦？
增城九重⑧，
其高几里？
四方之门⑨，
其谁从焉？
西北辟启⑩，
何气通焉⑪？

注释

①九州：传说禹治理洪水后，把天下分成九个州。错：通“措”，设置。

②川：河流。谷：山间水道。洿：挖掘。

③溢：满。《列子》记载，渤海东面有大壑，是个无底水谷，叫归墟，百川注入永不满溢。

④修：长。

⑤衍：多余。

⑥昆仑：神话中西北方一座天帝和神仙居住的仙山。《淮南子·地形训》：“凡四水者，帝之神泉，以和百药，以润万物。昆仑之丘，或上倍之，是谓凉风之山，登之而不死；或上倍之，是谓悬圃，登之乃灵，能使风雨；或上倍之，乃维上天，登之乃神，是谓太帝之居。”县圃：悬圃，“悬于空中的花园”之意，神话中之地名，在昆仑山中层。

⑦凥：同“居”。

⑧增城：即层城，神话中之地名，在昆仑山最上层。

⑨四方之门：《山海经·海内西经》：“昆仑之墟，在西北，方八百里，高万仞，面有九门，门有开启兽守之。”

⑩辟启：敞开。

⑪气：风。据说不周山在昆仑山西北方。《淮南子·地形训》：“昆仑之山，北门开，以纳不周之风。”《史记·律书》：“不周风居西北，主杀生。”

译文

九州大地怎样设置？
河川溪谷怎样挖成？
水东流归海不满溢，
谁能知道其中缘故？
地面四方东西南北，
究竟哪个距离更长？
若说南北形成椭圆，
它比东西衍生多长？
昆仑山上悬圃仙境，

它的地址应在何处？
最上面的增城九层，
它的高度又是几里？
昆仑四方九道天门，
谁从其中出入来往？
西北方的城门敞开，
什么风从那里通畅？

原文

日安不到？
烛龙何照①？
羲和之未扬②，
若华何光③？
何所冬暖？
何所夏寒？
焉有石林？
何兽能言？
焉有虬龙④？
负熊以游⑤？
雄虺九首⑥，
倏忽焉在⑦？

注释

①烛龙：神话中人面蛇身之神，住在西北方。烛龙闭眼则天黑，睁眼则天亮。近人以为此指北极光现象。

②羲和：神话中为太阳神驾车的人。扬：扬鞭。

③若华：若木的花。神话中若木生长在西方日落处，太阳落在上面，若木花就发出光芒照亮大地。

④虬龙：神话中没有角的龙。

⑤负：背负，驮着。

⑥雄虺：传说中一种有九个头的大毒蛇。

⑦倏忽：极快的样子。

译文

太阳何处照射不到？
烛龙怎把那里照亮？
太阳车夫还未扬鞭，
若木红花怎会放光？
什么地方冬天温暖？
什么地方夏日凉爽？
什么山中石树成林？
什么野兽能把话讲？
哪里有无角的虬龙？
背负黑熊遨游四方？
九个头的毒恶雄蟒，
现在何处倏忽疾往？

原文

何所不死①？
长人何守②？
靡萍九衢③，
枲华安居④？
一蛇吞象⑤，
厥大何如？
黑水玄趾⑥，
三危安在⑦？
延年不死，
寿何所止？
鲮鱼何所⑧？
鬿堆焉处⑨？
羿焉彃日⑩？
乌焉解羽⑪？

注释

①不死：人长生不死。《山海经·海外南经》：“不死民在其（交胫国）东，其为人黑色，寿不死。”

②长人：指防风氏。传说夏禹时诸侯防风氏身长三丈，守卫封嵎之山。

③靡：蔓延。萍：浮萍。衢：岔道。九衢：这里指靡萍分九个枝杈，非常奇异。

④枲：一种麻。

⑤一蛇吞象：《山海经·海内南经》：“巴蛇食象，三岁而出其骨。”

⑥黑水：神话中西北方一条河流，出自昆仑山，黑水可令人长寿不死。玄趾：染黑脚趾。

⑦三危：神话中山名，在黑水之南。据说吃了黑水之藻，三危之露，可以长生不老。《尚书·禹贡》：“导黑水，至于三危，入于南海。”

⑧鲮鱼：神话中一种生长在西海中的人面人手鱼身的怪鱼。

⑨鬿堆：鬿雀。《山海经·东山经》：“北号之山有鸟，状如鸡，而白首鼠足虎爪，名曰鬿雀，亦食人。”

⑩羿：神话中射落九个太阳的英雄。弹：射。《淮南子·本经训》记载，上古十日并出，草木焦枯，尧命羿上射九日而下除诸害。

⑪乌：神话中太阳里的“三足乌”。解羽：羽翼脱落，指乌死。

译文

哪里的人长生不死？
那防风氏看守何方？
蔓生浮萍九个枝杈，
枲麻之花长在哪里？
一条巴蛇吞下大象，
蛇的肚子该有多大？
黑水能够染黑脚趾，
三危山在什么地方？
那里的人延年不死，
寿命活到何时为止？

何处鲮鱼人面鱼身？
何处鬿雀白首虎爪？
羿在哪里射落太阳？
金乌何地脱落羽毛？

原文

禹之力献功①，
降省下土四方②；
焉得彼涂山女③，
而通之于台桑④？
闵妃匹合⑤，
厥身是继⑥；
胡维嗜不同味⑦，
而快朝饱⑧？

注释

①献：投入，献身。功：治水之事。

②降：下来。省：察看。

③涂山：古国名。传说夏禹治水，道娶涂山氏之女。

④通：通婚，通淫。台桑：地名，或桑间野地。

⑤闵：爱怜。妃：配偶。匹合：婚配。

⑥厥身是继：即继厥身，继承他自己。

⑦胡：为何。维：语气词。嗜：爱好，嗜好。

⑧快：快乐，满足。快朝饱：满足一时的性欲。《吕氏春秋》："禹娶涂山氏女，不以私害公，自辛至甲四日，复往治水。"禹为治水，婚后四天便离开了家。

译文

禹为治水出力献身，
深入民间视察下情；
哪里得到涂山女子，

桑间野地与她通淫？
爱怜配偶匹配结合，
这是为了后继有人；
为何彼此嗜好不同，
却贪图一时性快乐？

原文

启代益作后①，
卒然离蠥②。
何启惟忧，
而能拘是达③？
皆归霸射鞫④，
而无害厥躬⑤。
何后益作革⑥，
而禹播降⑦？
启棘宾商⑧，
九辩九歌。
何勤子屠母⑨，
而死分竟地⑩？

注释

①启：禹的儿子。益：禹的贤臣。后：国君。据说禹传位给益，启谋夺王位，被益拘禁，后逃脱，又杀益夺得王位。

②卒然：突然。离：通“罹（lí）”，遭到。蠥：灾祸。

③拘：拘禁。达：通达，逃脱。

④归：交还，交给。射：射器，弓箭。鞫（jú）：箭囊。射鞫：泛指武器。

⑤躬：本身。厥躬：指启。

⑥作革：政权变更。

⑦播降：繁盛。

⑧棘：屡次。宾：嫔。商：应为“帝”，指天帝。启棘宾帝，指启献三

个美女给天帝。《山海经·大荒西经》："启上三嫔于天，得《九辩》《九歌》以下。"

⑨勤子：贤子，指启。勤子屠母：指禹子启破母腹而降生之事。传说涂山氏怀启，到嵩山下化为石，方生启，禹追来大喊："还我子！"石破北方而生启。

⑩死：通"尸"。竟：委弃。

译文

启取代益作了国君，
突然遭到天灾人祸。
为何夏启遇到忧患，
却能从拘禁中逃脱？
益的军队缴械投降，
却不伤害新君夏启。
为何益的政权中断，
禹的后代繁盛流传？
启屡献美女给天帝，
得到仙乐《九辩》《九歌》。
为何涂山氏生子破腹，
死后尸身委弃大地？

原文

帝降夷羿①，
革孽夏民②。
胡射夫河伯③，
而妻彼雒嫔④？
冯珧利决⑤，
封狶是射⑥。
何献蒸肉之膏⑦，
而后帝不若⑧？
浞娶纯狐⑨，

眩妻爰谋⑩。
何羿之射革⑪，
而交吞揆之⑫？

注释

①帝：天帝。降：派下，降临。夷羿：传说中夏代有穷国之君，以善射著名，有穷国属东夷族，故称夷羿。

②革孽夏民：革除夏民的灾孽。

③河伯：黄河之神。传说河伯变为白龙出游，被羿射瞎左眼。

④妻：娶妻。雒：同“洛”，洛水。嫔：对妇女的美称。洛嫔：洛水女神，传说洛水女神原为河伯的妻子，后被羿夺去。

⑤冯：通“凭”，满，指把弓拉满。珧：蚌壳，这里指蚌壳装饰的弓。利：用，套上。决：同“玦”，用玉石骨角等制成的用以拉弓的扳指。

⑥封：大。豨：野猪。

⑦献：进献。蒸肉：祭祀用的肉。蒸：通“烝”，冬祭。膏：肥肉。

⑧后帝：天帝。若：顺心，喜欢。

⑨浞：寒浞，是羿的相，后杀羿自立为君。纯狐：羿的妻子，她与寒浞合谋杀死羿。

⑩眩妻：即玄妻，指纯狐。爰：与。爰谋：合谋。

⑪射革：传说羿能射穿七层皮革。

⑫交：合谋。吞：吞灭。揆：揣度，算计。

译文

天帝让后羿降人间，
为了革除夏民灾孽。
羿为何射瞎那河伯，
强娶河伯妻子洛神？
引满雕弓套上扳指，
后羿射杀庞大野猪。
为何羿献肥美猪肉，
天帝却不领情喜欢？

寒浞勾搭羿妻纯狐，
两人同谋算计后羿。
羿能射透七层牛皮，
却被他们合谋吞灭？

原文

阻穷西征①，
岩何越焉？
化为黄熊②，
巫何活焉？
咸播秬黍③，
莆雚是营④。
何由并投⑤，
而鲧疾修盈⑥？

注释

①阻穷：道路艰险。这里写尧放逐鲧到羽山的事。

②黄熊：指鲧死后化为黄熊的事。《左传·昭公七年》：昔尧殛鲧于羽山，其神化为黄熊，以入于羽渊。"

③咸：全。秬黍：黑黍，黑小米。

④莆：同蒲，水草。雚：芦苇类植物。营：经营，耕作。

⑤由：原因。并投：摒弃，放逐。

⑥疾：罪过。修盈：指鲧罪恶深重。

译文

鲧历经险阻朝西行，
如何翻越崇山峻岭？
鲧已经变成了黄熊，
神巫如何把他救活？
鲧教百姓播种黑黍，
清除水草耕耘经营。

有何理由将他摒弃，
难道因鲧罪孽深重？

原文

白蜺婴茀[①]，
胡为此堂？
安得夫良药，
不能固臧[②]？
天式从横[③]，
阳离爰死[④]。
大鸟何鸣[⑤]，
夫焉丧厥体？

注释

①蜺，同霓，虹的一种。婴：茀绕。弗：同雾，云彩。

②臧：通“藏”。王逸《章句》引《列仙传》记载：崔文子学仙于王子侨，王子侨化为白蜺而婴第，给崔文子送药，崔文子惊怪，以戈击中白蜺，仙药落地，地上还有王子侨的尸首。

③式：法则。从：通“纵”。纵横：指阴阳消长之道，形容不可抗拒。

④阳：阳气。爰：于是，就。

⑤大鸟：指王子侨尸体变的鸟。据说崔文子把王子侨的尸体置于室中，盖上破筐，不久尸体变成大鸟鸣叫起来，崔文子打开筐一看，大鸟就飞走了。

译文

白蜺身上彩云缠绕，
为何来到这个殿堂？
子侨哪里弄得仙药，
却又不能牢固隐藏？
自然法则不可抵御，
阳气离体人就死去。

这只大鸟为何鸣叫？

怎会丧失原来身躯？

原文

蓱号起雨①，

何以兴之？

撰体协胁②，

鹿何膺之③？

鳌戴山抃④，

何以安之？

释舟陵行⑤，

何以迁之？

注释

①蓱：蓱翳，雨神。号：呼。起雨：作雨。

②撰：具有。撰体：身上具有。协：合。胁：身体两侧有肋骨的部分。撰体协胁：指风神飞廉具有鹿身雀头合体的形态。

③鹿：指风神飞廉。膺：响应。雨神起雨，离不开风神刮风。

④鳌：海中大龟。戴：顶。抃：拍手，这里指鳌四肢舞动。神话中说渤海之东，有五座神山浮动在水上，上帝怕它们漂流到西极，失去群圣的居所，就命十五头巨鳌分三班，以首顶山，使之稳定。

⑤释：舍去。陵行：在陆地行走。《列子·汤问》记载：龙伯国有一个巨人来到五座神山那里，一次就钓起六只巨鳌，全部背回国中。

译文

雨神蓱翳一声呼号，

为何就能兴云作雨？

风神飞廉雀头鹿身，

他又如何随之响应？

巨鳌顶山四肢划动，

神山何以安稳不动？

巨人钓龟弃舟陆行，
怎把海龟背迁回国？

原文

惟浇在户①，
何求于嫂②？
何少康逐犬③，
而颠陨厥首④？
女歧缝裳⑤，
而馆同爰止⑥。
何颠易厥首⑦，
而亲以逢殆⑧？

注释

①惟：发语词。浇：寒浞的儿子，相传他力气很大并且纵欲残忍，曾杀死夏相，后又被夏相之子少康所杀。

②嫂：浇的嫂子，据说是一个寡妇。

③少康：夏代的中兴之主。逐犬：打猎。

④颠陨：坠落，砍掉。厥首：指浇的脑袋。

⑤女歧：浇的嫂子。

⑥馆同：同馆。止：歇息。

⑦颠：砍掉。易：换，这里指砍错了。厥首：指女歧的脑袋。

⑧亲：亲身，指浇。逢殆：遭殃。

译文

浇来到他嫂子门口，
对嫂嫂提什么要求？
为何少康放狗出猎，
就能砍掉浇的人头？
女歧替浇缝制衣裳，
他俩同馆睡宿一床。

少康为何割错首级，

浇因情欲终遭祸殃？

原文

汤谋易旅①，

何以厚之②？

覆舟斟寻③，

何道取之④？

桀伐蒙山⑤，

何所得焉？

妹嬉何肆，

汤何殛焉⑥？

舜闵在家⑦，

父何以鳏⑧？

尧不姚告⑨，

二女何亲⑩？

注释

①汤：应作“康”，指少康。谋：谋划。易：治。旅：军队。

②厚：壮大。

③覆舟：翻船。斟寻：与夏同姓的诸侯国。夏相失国后，逃往斟寻、斟灌两国；浇攻灭二斟，杀夏相。夏相子少康在有虞国的帮助下，重新召集斟寻、斟灌两国民众，灭浇复夏。

④道：方法。

⑤桀：夏代最后一位君王，为暴君，被商汤所灭。蒙山：古国名。传说桀攻伐蒙山，得二女琬和琰，便把元妃妹嬉抛弃在洛，妹嬉与伊尹私通，并与商勾结灭了夏。

⑥汤：商汤，商朝的开国君主。殛：惩罚。商汤灭夏后，将妹嬉和桀一起流放到南巢而死。

⑦舜：古帝，有虞氏姚姓，又称虞舜，继唐尧为君。闵：忧愁。家：成家，娶妻生子。

⑧父：指舜父瞽叟。鳏：成年男子久无妻室。据说舜三十岁尚未娶妻。

⑨尧：唐尧，古帝。姚：虞舜的姓，此指舜的家长。传说尧把两个女儿嫁给舜时没有与舜的家长商量。

⑩二女：尧的两个女儿，名叫娥皇、女英。亲：成亲。

译文

少康谋划整治军旅，
用何方法壮大队伍？
灭亡斟寻犹如覆舟，
少康取胜用的何法？
夏桀把蒙山攻伐，
得到哪两位美女？
妹嬉有什么放肆，
商汤怎么样灭夏？
舜在家里忧闷不乐，
父亲何不给他娶妻？
尧不告诉舜的家长，
二女怎会与舜成亲？

原文

厥萌在初①，
何所亿焉②？
璜台十成③，
谁所极焉④？
登立为帝⑤，
孰道尚之⑥？
女娲有体⑦，
孰制匠之⑧？

注释

①厥：其，这里指事物。萌：萌芽。

②亿：通“臆”，预料。

③璜台：玉台，瑶台。成：层。传说殷贤臣箕子看见纣王使用象牙筷子，预料纣王必然要用玉杯，有了玉杯必然要吃熊掌豹胎，接着必然要大造宫室，纣王果然建造了十层玉台。

④极：尽，至，这里是看透的意思。

⑤立：通“位”。帝：指女娲。《山海经·大荒西经》：“女娲，古神女而帝者。”

⑥道：引导。尚：尊崇，推举。

⑦女娲：神话中上古女帝王，人头蛇身，一天能变化七十种样子。体：形体。

⑧匠：造。传说女祸用黄土造出人类。这两句问女娲自己的身体又是谁造出的。

译文

事物萌芽初露端始，
谁能预测它的未来？
美玉筑起楼台十层，
谁能料到纣王下场？
女娲刚登位称帝，
谁开始称道推举？
女娲自己的身体，
又是谁制造成的？

原文

舜服厥弟[1]，
终然为害。
何肆犬体[2]，
而厥身不危败[3]？
吴获迄古[4]，
南岳是止[5]；
孰期夫斯[6]，

得两男子⑦？

注释

①服：顺从。弟：舜弟象。传说舜生母早亡，其父瞽叟娶后妻，生下象。舜虽然对生父后母弟弟很好，却一再遭到他们三个人的谋害。

②犬体：狗的心术，说象的凶恶犹如恶狗。

③厥身：指象。

④吴：古代诸侯国。迄古：终古，长久。

⑤南岳：衡山，这里泛指南方山水。止：居留，这里是立国的意思。

⑥期：预见。夫斯：复合指示代词，这个，这种情况。

⑦两男子：指太伯、仲雍。《史记·吴太伯世家》记载：周文王之祖古公亶父的长子太伯和次子仲雍，看出古公宜父想把君位传给三子季历，就主动避开跑到南方，吴地人拥戴太伯为国君，太伯死后，仲雍继立为国君。

译文

舜顺服他的弟弟象，
象却始终对舜陷害。
为何象肆虐如恶狗，
象自身却没有祸灾？
吴国获得长久存在，
立国于南岳山一带；
谁能预见这种情况，
只因得到两位贤君？

原文

缘鹄饰玉①，
后帝是飨②。
何承谋夏桀，
终以灭丧？
帝乃降观③，
下逢伊挚④。

何条放致罚⑤，
而黎服大说⑥？

注释

①缘：装饰。鹄：天鹅。饰玉：饰玉之鼎。

②后帝：商汤。飨：食。《史记·殷本记》记载：伊尹因善于烹调被商汤信用，曾受商汤之命打入夏朝当过夏桀的大臣，与商汤里应外合，一起灭掉夏桀。

③帝：指商汤。降观：出巡，下来观察民情。

④伊挚：伊尹名。传说伊尹原是个奴隶，被商汤发现，任用为相。

⑤条：鸣条，地名，传说商汤在鸣条之野打败夏桀。放：放逐。致：给。罚：惩罚。

⑥黎服：黎明百姓。“服”是“民”的误字。说：通“悦”。

译文

用刻有天鹅的饰玉之鼎，
伊尹献佳肴给商汤品尝。
他如何受命谋算夏桀，
终于致使夏桀灭亡？
商汤出巡观察民情，
他在下面碰见伊尹。
为何从鸣条放逐夏桀，
黎民百姓都欢天喜地？

原文

简狄在台①，
喾何宜②？
玄鸟致贻③，
女何喜④？

注释

①简狄：传说有娀国的美女，帝喾的次妃，生子契，是商朝的始祖。

台：据说有娀氏建了一座九层高台，让简狄和她妹妹在上面居住。

②喾：帝喾，古帝。宜：求偶，或适宜。

③玄鸟：燕子。致：赠送。贻：礼物，这里指送的蛋。《史记·殷本纪》："三人行浴，见玄鸟堕其卵，简狄取吞之，因孕生契。"

④女：简狄。喜：有喜，怀孕。

译文

简狄深居九层瑶台，
帝喾如何对她求爱？
燕子生蛋赠送简狄，
简狄吞了怎会怀胎？

原文

该秉季德①，
厥父是臧②；
胡终弊于有扈③，
牧夫牛羊？
干协时舞④，
何以怀之⑤？
平胁曼肤⑥，
何以肥之⑦？

注释

①该：通"亥"，王亥，殷人的远祖，契的六世孙。秉：承，保持。季：冥，亥的父亲。

②父：指季。臧：善良。

③胡：为什么。弊：通"毙"，死。有扈：有易之误，有易是传说中的古国名。传说亥在有易放牧牛羊，因为淫乱，被有易国君绵臣杀死，牛羊被夺走。

④干：盾牌。协：和谐。时：是。舞：舞蹈。这里说亥用跳舞引诱有易氏女人。

⑤怀：怀恋，引诱。

⑥平胁：形容长得丰满。曼肤：肌肤细嫩。曼：润泽。

⑦肥：通“妃”，匹配。

译文

亥秉承父亲的贤德，
像父亲季一样善良；
为何最终死在有易，
在那里放牧牛羊？
亥在有易执盾跳舞，
凭什么引诱有易之女？
那女人长得乳丰肤嫩，
又怎样被王亥引诱上？

原文

有扈牧竖①，
云何而逢②？
击床先出③，
其命何从④？
恒秉季德⑤，
焉得夫朴牛⑥？
何往营班禄⑦，
不但还来？

注释

①有扈：有易。牧竖：牧人。

②逢：遇到。指牧人遇见王亥和有易之女通奸。

③击床：指有易之君绵臣派牧人袭击王亥于床第之间。先出：指恰逢王亥先出去了，得免于死；但后来王亥最终被杀死在有易。

④命：命令。

⑤恒：王恒，王亥之弟。

⑥朴牛：大牛。

⑦营：经营。班禄：颁赐爵禄。王恒假借到有易颁赐爵禄，从而想要回被有易抢走的王亥的牛羊，但是他一去不返。

译文

有易那个放牧之人，
怎会遇见他们通奸？
杀到床上亥先逃出，
杀人命令从哪里来？
王恒也秉承了季的美德，
可哪能得到失去的大牛？
他何必往有易颁赐爵禄，
以致一去他就没有回头？

原文

昏微遵迹①，
有狄不宁②；
何繁鸟萃棘③，
负子肆情？
眩弟并淫④，
危害厥兄。
何变化以作诈，
后嗣而逢长⑤？

注释

①昏微：王亥之子上甲微，据说他当了殷朝国君后，借助河伯的军队攻伐有易，灭之，杀其君绵臣。

②有狄：有易。

③萃：聚集。棘：荆棘。繁鸟萃棘：鸟雀来到不该来的地方，比喻上甲微晚年淫乱，干了不该干的事情。

④眩弟：昏乱的弟弟，上甲微的弟弟。

⑤后嗣：后代。逢长：绵延昌盛。

译文

上甲微遵循前辈足迹，
有易人因此不得安宁；
为何众鸟聚集于荆棘上，
他瞒着儿子与媳妇纵情？
上甲微的弟弟同样淫乱，
竟然要危害自己的兄长。
为何欺诈手段变化多端，
他的后代却能昌盛绵长？

原文

成汤东巡①，
有莘爰极②。
何乞彼小臣③，
而吉妃是得④？
水滨之木⑤，
得彼小子⑥；
夫何恶之⑦，
媵有莘之妇⑧？
汤出重泉⑨，
夫何罪尤⑩？
不胜心伐帝⑪，
夫谁使挑之⑫？

注释

①成汤：商汤，商朝的开国君主。

②有莘：古国名。极：到。爰：助词。

③乞：求取。小臣：指伊尹。

④吉妃：好妃子，指有莘氏的女儿。传说商汤知道伊尹的才能后，三次

派人往聘，有莘之君都不给，于是商汤请求娶有莘之君的女儿为妻，有莘之君就把伊尹当陪嫁奴隶送给了汤。

⑤木：树，此指空心桑树。

⑥小子：小孩，指伊尹。据《吕氏春秋·本味篇》记载：伊尹的母亲住在伊水边上，怀孕时梦见神告诉她，石臼出水就往东跑，不能回头看。第二天她果真看见石臼出水了，告诉邻居后就往东跑了十里，她忍不住回头一看，她家乡已是汪洋一片，她自己因而变成一棵空心桑树。有莘国的一个姑娘采桑时在空心桑树中捡到一个婴儿，把婴儿献给国君，国君让厨师抚养。因伊尹的母亲原住伊水边，所以就叫他伊尹。

⑦恶：厌恶，看不起。

⑧媵：陪嫁。有莘之妇：有莘国君的女儿。

⑨重泉：地名。桀囚禁汤的地方。

⑩罪尤：罪过。

⑪不胜心：心中不可忍耐。帝：指夏桀。

⑫挑：挑唆。

译文

成汤前往东方巡视，
直到有莘国才停止。
为何想要小臣伊尹，
却得到个美丽妃子？
伊水边的空心桑树，
捡得那个婴儿伊尹；
有莘氏为何厌恶他，
用他作女儿的陪嫁？
成汤被囚禁在重泉，
到底犯了什么罪行？
成汤忍无可忍伐桀，
难道靠谁来挑唆他？

原文

会朝争盟①，

何践吾期②？

苍鸟群飞③，

孰使萃之④？

列击纣躬⑤，

叔旦不嘉⑥。

何亲揆发⑦，

定周之命以咨嗟⑧？

注释

①会：会合。朝：日，指甲子日。传说周武王于二月甲子日会齐八百诸侯，在殷都附近的牧野打败商朝军队。争盟：争先恐后会盟。

②践：履行。吾期：周武王约定的会盟日期。

③苍鸟：比喻各路诸侯的将士勇猛如鹰。

④萃：聚集。

⑤列：厉，猛。躬：身体。《史记·周本纪》："武王持大白旗以麾诸侯……至纣死所，武王自射之，三发而后下车，以轻剑击之，以黄钺斩纣头，悬大白之旗。"

⑥叔旦：周公，姓姬名旦，武王的弟弟。嘉：赞许。

⑦亲：亲自。揆：掌握，指挥。发：发动。

⑧定：奠定。命：命运。咨嗟：叹息。

译文

甲子日在牧野会合誓师，

八百诸侯何以按期而至？

将士像苍鹰成群飞翔搏击，

是谁使他们聚集在一起？

武王猛击纣王尸体，

周公对此并不赞许。

为何周公亲自兴师伐纣？

奠定周朝基业反倒叹息？

原文

授殷天下[①]，
其位安施[②]？
及成乃亡[③]，
其罪伊何[④]？
争遣伐器[⑤]，
何以行之[⑥]？
并驱击翼[⑦]，
何以将之[⑧]？

注释

①授：授给。
②位：王位。施：给予。
③及：等到。
④伊何：是什么。
⑤遣：派遣。伐器：武器，此指军队。
⑥行：行事。
⑦并驱：并驾齐驱。击翼：攻击两翼。
⑧将：统率，指挥。

译文

上帝将天下授给殷人，
王位的给予依据什么？
待殷朝建成又灭亡它，
它犯的罪行又是什么？
诸侯争着派遣军队，
这部署怎样进行的？
并驾齐驱夹击两翼，
是哪个统帅指挥的？

原文

昭后成游①，
南土爰底②；
厥利惟何，
逢彼白雉③？
穆王巧梅④，
夫何为周流？
环理天下⑤，
夫何索求？
妖夫曳衒⑥，
何号于市⑦？
周幽谁诛⑧？
焉得夫褒姒⑨？

注释

①昭后：周昭王，西周第四代君主。成游：盛大规模出游。成：通“盛”。

②南土：南方，指楚国。爰：助词。底：到，至。

③白雉：白色的野鸡，难得的珍禽。《史记·周本纪》之“正义”引《帝王世纪》：“昭王德衰，南征，济于汉，船人恶之，以胶船进王，王御船至中流，胶液船解，王及祭公俱没于水中而崩。”

④穆王：周穆王，西周第五代君主。巧：精于，善于。梅：通“枚”，马鞭，指鞭策之术。

⑤环：周游。理：通“履”，行。

⑥妖夫：妖人，对周王室说是不祥之人。曳：拖着、携带。衒：炫耀，此指沿街叫卖。

⑦号：呼喊，叫卖。

⑧周幽：周幽王，西周末主。诛：杀。

⑨褒姒：周幽王的王后。《国语·郑语》和《史记·周本纪》记载：周历王（幽王祖父）时，后宫有一个小宫女遇到龙的精液变化成的大鳖而怀

孕，到周宣王（幽王之父）时，生了一个女孩，因是没有婚配而生的，宫女惊怪就把女孩丢弃了。当时有童谣说："山桑木弓，箕木箭袋。亡周的祸害。"恰好有一对夫妇在市上叫卖桑木弓和箕木箭袋，宣王派人去抓他们，他们就乘夜逃往褒国，在路上捡到那个被宫女抛弃的女孩，便收养了她，长大后就叫褒姒。后来周幽王讨伐褒国，褒人就把褒姒献给幽王。幽王迷恋褒姒，不理朝政。犬戎入侵，将幽王杀死在骊山之下。

译文

周昭王盛兵出游，
直到南方的楚地；
他到底求什么利益，
难道为那白色野鸡？
周穆王善于驾驭，
为何要到处周游？
他究竟有何索求？
妖人拖曳弓箭叫卖，
为什么大声吆喝于闹市？
周幽王究竟要诛杀谁？
他又从哪里得到褒姒？

原文

天命反侧①，
何罚何佑②？
齐桓九会③，
卒然身杀④。

注释

①反侧：反复无常。

②佑：保佑。

③齐桓：齐桓公，春秋五霸之一，齐国国君。《史记·齐世家》记载：齐桓公任用管仲，使国家强大，曾"兵车之会三，乘车之会六，九合诸侯，

一匡天下”。

④卒然：最终，终于。身杀：管仲死后，齐桓公任用堂巫、易牙、竖刁、开方四个奸臣，造成内乱，桓公被软禁于一室，饿死三个月没人收尸安葬。

译文

天命总是反复无常，
按何标准保佑惩罚？
齐桓公曾九合诸侯，
最后竟被奸臣谋杀。

原文

彼王纣之躬①，
孰使乱惑？
何恶辅弼②，
谗谄是服③？
比干何逆④，
而抑沈之⑤？
雷开何顺⑥，
而赐封之？
何圣人之一德⑦，
卒其异方⑧？
梅伯受醢⑨，
箕子详狂⑩。

注释

①躬：身，指纣王。

②辅弼：辅佐，辅佐大臣。

③服：任用。

④比干：纣王的叔父。《史记·殷本纪》记载，比干因为极力向纣王进谏忠言，被纣王剖腹剜心。

⑤抑：压制。沈：同沉，淹没，指被杀。

⑥雷开：纣王的佞臣。《吕氏春秋》："雷开进谀言，纣赐金玉而封之。"

⑦圣人：纣王的贤臣，梅伯、箕子等。一德：品德相同。

⑧卒：终结。异方：各种各样。

⑨梅伯：纣王的诸侯，因忠言直谏被纣王杀死。醢：剁成肉酱。

⑩箕子：纣王的叔父。他向纣王进谏不被听取，就披发装疯，去做别人的奴隶。详：同佯。

译文

殷纣王这个独夫，
谁使他昏乱迷惑？
他为何厌恶忠臣，
却信用谗谄奸佞？
比干如何违迕了他，
竟遭剖腹剜心？
雷开如何奉承了他，
就被赐予高官厚禄？
为何圣人美德一样，
最终结果各有不同？
梅伯直谏被剁成肉酱，
箕子避祸而假装疯狂。

原文

稷维元子①，
帝何竺之②？
投之于冰上，
鸟何燠之③？
何冯弓挟矢④，
殊能将之⑤？
既惊帝切激⑥，
何逢长之⑦？

注释

①稷：后稷，又叫弃。维：是。元子：长子。神话中说，帝喾的元妃姜嫄因踩着巨人的脚印而心动，怀孕生稷。以为不祥，把他丢弃在小巷，牛羊爱抚他；把他丢弃在森林，伐木人救了他；把他丢弃在寒冰上，大鸟用翅膀覆盖他，于是家人又收养了他，并叫他弃。稷是周人传说中的始祖。他从小喜欢种植农艺，长大后教百姓种五谷，因而后人尊他为后稷。

②帝：帝喾。竺：通“毒”，憎恶。

③燠：温暖。

④冯：通“凭”，满。冯弓：拉满弓。挟：持。

⑤殊能：特殊才能。将：充当将帅。

⑥惊帝：惊动帝喾。切激：激烈。

⑦逢长：兴盛绵长。

译文

后稷是帝喾的长子，
帝喾为何要憎恶他？
将他投弃在寒冰上，
大鸟为何来温暖他？
他为何会弯弓射箭，
特殊才能可任将帅？
他既然使帝喾惊骇，
为何又能长大成才？

原文

伯昌号衰①，
秉鞭作牧②。
何令彻彼岐社③，
命有殷国④？
迁藏就岐⑤，
何能依⑥？

殷有惑妇⑦，
何所讥⑧？
受赐兹醢⑨，
西伯上告⑩。
何亲就上帝罚，
殷之命以不救？
师望在肆⑪，
昌何识⑫？
鼓刀扬声⑬，
后何喜⑭？

注释

①伯昌：周文王，姓姬名昌，曾被殷王朝封为雍州伯，故称西伯昌。号：发号，施令。衰：殷朝衰世。

②秉：执掌。鞭：比喻权柄。牧：古代治民之官，此指诸侯首领。

③彻：拆毁。岐：古地名，在陕西省岐山县东北，周人曾建国于此。社：古代祭祀土地神之所，是一国政权的象征。

④命：天命。

⑤藏：库藏，财产。就：到。《史记·周本纪》记载，周的祖先古公亶父本属于邠（今陕西彬县），为了避免与戎狄部族作战，便携家人财物迁居到岐山，邠地百姓也前来归附他。

⑥依：依靠，依附。

⑦惑妇：指纣王宠妃妲己。《史记·殷本纪》："纣爱妲己，妲己之言是从。"

⑧讥：进谏。

⑨受：纣王的字。兹读如孳，即子的假借字。受赐兹醢：指纣王把文王的儿子伯邑考煮成肉汤赐给文王喝。

⑩上告：向上帝控诉。

⑪师望：吕尚，号太公望，俗称姜太公，因被周文王和周武王立为太师，故称师望。肆：店铺。传说姜太公入周前曾在朝歌屠牛卖肉。

⑫昌：姬昌，周文王。识：了解。

⑬鼓刀：敲刀发声，以招揽生意。

⑭后：君，周文王。

译文

周文王发号于殷朝衰世，
秉掌权柄成为诸侯领袖。
是谁令他拆毁岐山社庙，
承受天命获得殷朝江山？
古公亶父携宝藏迁岐山，
老百姓何以都能归依他？
殷纣王身边有妲己迷惑，
人们哪里还有进谏之所？
纣王赐文王喝亲子肉汤，
文王便向上帝愤怒控告。
为何纣王亲受上帝惩罚，
殷朝命运因此不可救药？
姜太公还在肉铺里宰牛，
文王如何知道他的才能？
敲刀招揽生意的声音，
文王听见为什么欣喜？

原文

武发杀殷①，
何所悒②？
载尸集战③，
何所急？
伯林雉经④，
维其何故？
何感天抑地⑤，
夫谁畏惧？
皇天集命⑥，

惟何戒之⑦？
受礼天下⑧，
又使至代之⑨？

注释

①武发：周武王，姓姬名发。殷：指殷纣王。

②悒：愤恨。

③尸：灵牌。集战：会战。《史记·周本纪》记载，周文王死后不久，武王就用车载着文王的灵牌，起兵讨伐纣王。

④伯林：当作柏林，鹿台附近的柏树林。雉经：缢死，悬挂。

⑤感天抑地：感动天地。指载尸集战之事。

⑥集命：皇天降赐天命，让某姓统治天下。

⑦戒：警惕，警戒。

⑧受：指纣王。礼：通“理”，治理。

⑨至：通“周”，周人。

译文

武王斩下纣王的头，
为何那样义愤填膺？
载着文王灵牌会战，
为何那样心急如焚？
把纣王尸体悬在柏树林，
那究竟是什么缘故？
伐纣要感天动地，
武王还能畏惧谁？
皇天降赐天命给殷，
对殷应有什么警戒？
纣王既然受理天下，
又为何让周人取而代之？

原文

初汤臣挚①，

后兹承辅②；
何卒官汤③，
尊食宗绪④？
勋阖梦生⑤，
少离散亡⑥；
何壮武厉⑦，
能流厥严⑧？
彭铿斟雉⑨，
帝何飨⑩？
受寿永多⑪，
夫何久长⑫？

注释

①汤：商汤。挚：伊尹。

②后兹：兹后，此后。承：承担。辅：辅佐大臣。

③卒：最终。官汤：做汤的相。

④食：享受祭祀。宗绪：宗族后嗣，此指祖宗。伊尹死后受到尊重，他的牌位也被摆进商王朝的宗庙，与商汤一同享受祭祀。

⑤勋：功勋。阖（hé）：阖庐，春秋后期吴国国君，他在位时吴国强盛，楚昭王十年（前506年），他任用孙武和伍子胥与楚国交战，一度攻破郢都。梦：寿梦，阖庐的祖父，吴国国君。生：通“姓”，孙子。

⑥少：年少。离：通“罹”，遭遇。

⑦壮：壮年。武厉：雄武猛厉。

⑧流：流传。严：应作“庄”，汉代避明帝讳改，“庄”，威武之意。

⑨彭铿：彭祖，传说他活了八百岁。斟：烹调。雉（zhì）：野鸡，这里指野鸡汤。

⑩帝：上帝。飨（xiǎng）：享用。

⑪永：长久。

⑫长：同怅，惆怅。

译文

当初伊尹是汤的小臣，

后来他进位辅佐大臣；
为何最终当汤的宰相，
死后配享王宗的祭飨？
吴王阖庐是寿梦的孙子，
年少时遭流离逃亡之难；
为何他壮年后勇武猛厉，
能够让自己的威名流传？
彭祖烹调的野鸡汤，
上帝为何乐于品尝？
给他的寿命那么长，
彭祖为何还要惆怅？

原文

中央共牧①，
后何怒②？
蜂蛾微命③，
力何固④？
惊女采薇⑤，
鹿何佑⑥？
北至回水⑦，
萃何喜⑧？
兄有噬犬⑨，
弟何欲⑩？
易之以百两⑪，
卒无禄⑫。

注释

①中央：指周王朝的政权。共：共伯和，人名。《史记·周本纪》引《鲁连子》："共伯名和，好行仁义，诸侯贤之。周厉王无道，国人作难，王奔于彘，诸侯奉和以行天子事。"牧：治理，摄政。

②后：指周厉王。据历史记载，周厉王死后，共伯和想篡位自立，共和

十四年遭逢大旱，屋子起火，卜于太阳，卦兆说是厉王作祟，于是周公、召公立厉王的太子为宣王，共伯和回到共国。后何怒，即指厉王降灾作祟之事。

③蜂蛾：比喻反抗周厉王的老百姓。微命：微小的生命。

④固：顽强。

⑤惊女：女子惊奇。采薇：指伯夷、叔齐不食周粟，在首阳山采薇的事。据《古史考》《烈士传》记载，伯夷、叔齐反对周武王伐纣，义不食周粟，隐居首阳山，靠采薇为生。野外有一个女子对他们说："你们义不食周粟，这也是周的草木啊！"伯夷、叔齐于是连薇菜也不吃了，绝食七天，天帝派遣白鹿用乳汁喂养他们，但是他们最后仍然饿死在首阳山。

⑥鹿：神鹿，白鹿。

⑦回水：环绕首阳山的河曲之水。

⑧萃：相聚。

⑨兄：春秋中期秦国国君秦景公。噬犬：咬人的猛狗。

⑩弟：秦景公的弟弟鍼（qián）。

⑪易：换。两：通"辆"。

⑫无禄：失掉爵禄。秦景公不给鍼猛犬，鍼用一百辆车去换，仍然没换成，后来鍼逃奔晋国，失掉了爵禄。《左传·昭公元年》："秦伯（秦景公）之弟鍼，出奔晋，其车千乘。"

译文

共伯和在中央摄政，
周厉王为何作祟降旱？
百姓微小犹如蜂蛾，
力量何以那么顽强？
女子惊奇伯夷叔齐采薇，
白鹿为何用乳汁喂他们？
朝北来到环水的首阳山，
兄弟相聚隐居为何欢喜？
哥哥秦景公有只猛狗，
弟弟鍼为何总想搞到？

他用百辆车也没换成，
结果连爵禄也都丢掉。

原文

薄暮雷电①，
归何忧②？
厥严不奉③，
帝何求④？
伏匿穴处⑤，
爰何云⑥？
荆勋作师⑦，
夫何长？
悟过改更⑧，
我又何言？

注释

①薄暮：傍晚。

②归何忧：王逸《楚辞章句》："屈原书壁所问略讫，日暮欲去，时天大雨雷电，思念复至，自解曰归何忧乎？"

③厥严：楚国的威严。奉：尊奉，保持。

④帝：上帝。帝何求：何求于帝。

⑤伏匿：隐藏。穴处：住在山洞里。

⑥爰：于是，对此。云：说。

⑦荆：楚国别名，荆楚，这里指楚王。勋：功业。作师：起兵打仗。《史记·楚世家》记载，楚怀王受张仪的骗后，兴兵伐秦，大败于丹阳。楚怀王大怒，再发全国之兵伐秦，又大败于蓝田。

⑧悟过改更：楚怀王在蓝田战败后，八九年没有与别国打仗。

译文

黄昏时分电闪雷鸣，
离庙归家何必多情？

楚国威严不再保持，
祈求上帝还有何用？
我遭流放山洞隐藏，
对国事还有何话讲？
楚王动辄兴兵打仗，
国家命运怎能久长？
倘能悔悟改弦更张，
我又何必把话多讲？

原文

吴光争国①，
久余是胜②。
何环穿自闾社丘陵③，
爰出子文④？
吾告堵敖以不长⑤，
何试上自予⑥，
忠名弥彰⑦？

注释

①吴光：吴国公子姬光，即吴王阖庐。争国：吴与楚相互争战，争夺地盘。《史记·吴太伯世家》记载，吴王阖庐于楚昭王十年（前506年）任伍子胥、孙武为将兴兵伐楚，“楚兵大败，走，于是吴王遂纵兵追之。比至郢，五战，楚五败。楚昭王亡出郢，奔郧。……而吴兵遂入郢”。

②久：长期。余：我们，指楚国。

③环：环绕。穿：穿过。闾：古代二十五家为一闾。此指村子。社：祭土地神之所。环穿自闾社丘陵：指男女幽会的经过和地点。

④出：生。子文：楚成王的贤相。《左传·宣公四年》记载：楚之先王若敖娶邧国之女，生下斗伯比。若敖死后，斗伯比和母亲生活在邧国。斗伯比长大后与邧国国君的女儿私通，生下子文。邧夫人命人把子文丢弃在云梦泽中，有一只老虎给子文喂奶，邧子出猎时看见了，就收养了子文。子文成人后，因有贤才，做了楚国令尹。这里是说斗伯比环绕闾社，穿过丘陵，和

郊女通淫，何以能生出子文这样的贤人？以此感慨楚怀王没有这样的人才，只有令尹子兰这样的奸臣。

⑤堵敖：楚文王之子熊囏（jiān），楚文王死后继位为楚王，在位五年，被他弟弟楚成王熊恽所杀。

⑥试：应为弑，杀。上：指堵敖熊囏。自予：指熊恽杀死堵敖，把王位给予自己。

⑦忠名：楚成王熊恽杀堵敖熊囏而得忠直之名。弥：愈加。彰（zhāng）：显著。《史记·楚世家》："恽弑囏，布德施惠，天子赐胙曰：镇尔南方夷越之乱！"

译文

吴王阖庐与楚国争战，
长期战胜了我们楚国。
为何穿村入陵去私通，
竟然生出了贤相子文？
我说堵敖王位不会长，
为何熊恽杀堵敖自立，
他的忠名却更加远扬？

九　章

《九章》是屈原九篇诗歌的总题。

朱熹的《楚辞集注》说："屈原既放，思君念国，随事感触，辄形于声。后人辑之，得其九章，合为一卷，非必出于一时之言也。"王逸的《楚辞章句》说："屈原放于江南之野，思君念国，忧心罔极，故复作九章。"

《九章》诸篇的思想内容、篇幅体制、语言风格大体一致。同时《九章》与《离骚》也有许多相近之处，都是描述屈原自己从被楚王信任到放逐江南的身世遭遇，信而见疑忠而被谤的悲怨情绪，美好政治理想不能实现的无限感慨，倾注了其一腔忧国忧民的殷殷衷情。具有纪实性、政治性和抒情性。两者的不同是：《离骚》是屈原的全方位综合性宏篇巨制式的自叙传，并且大量运用了瑰奇的神话传说和比兴象征手法。《九章》则是屈原撷取自己不同时期的政治生活和放逐生涯的纪实片段，每篇写一事抒一情，多是实地实事的叙写和坦诚直率的倾诉。因此，《九章》既是研究屈原生平思想的重要资料，又是屈原感天地泣鬼神、血泪和墨熔铸成的爱国忧民愤世的绝命之作。

涉　江

《涉江》是屈原被流放江南地区时写的。"涉江"即渡江。

诗歌主要叙述屈原"旦余将济乎江湘"之后的行程和心情。尽管路途坎坷艰险，处境幽僻孤独，但是诗人愤世嫉俗宁折不弯、不与黑暗势力妥协的斗争意志不变，坚持正道的决心和忠信的崇高情操不变！

原文

余幼好此奇服兮①，
年既老而不衰②。
带长铗之陆离兮③，

冠切云之崔嵬[4]，
被明月兮珮宝璐[5]。
世溷浊而莫余知兮[6]，
吾方高驰而不顾[7]。
驾青虬兮骖白螭[8]，
吾与重华游兮瑶之圃[9]，
登昆仑兮食玉英[10]。
与天地兮同寿，
与日月兮齐光。
哀南夷之莫吾知兮[11]，
旦余济乎江湘[12]。
乘鄂渚而反顾兮[13]，
欸秋冬之绪风[14]。
步余马兮山皋，
邸余车兮方林[15]。
乘舲船余上沅兮[16]，
齐吴榜以击汰[17]。
船容与而不进兮，
淹回水而凝滞[18]。
朝发枉渚兮[19]，
夕宿辰阳。
苟余心其端直兮，
虽僻远之何伤！
入溆浦余儃佪兮[20]，
迷不知吾所如[21]。
深林杳以冥冥兮，
乃猿狖之所居[22]。
山峻高以蔽日兮，
下幽晦以多雨。
霰雪纷其无垠兮[23]，
云霏霏而承宇[24]。

哀吾生之无乐兮，
幽独处乎山中。
吾不能变心而从俗兮，
固将愁苦而终穷。
接舆髡首兮[25]，
桑扈裸行[26]。
忠不必用兮，
贤不必以[27]。
伍子逢殃兮[28]，
比干菹醢[29]。
与前世而皆然兮[30]，
吾又何怨乎今之人？
余将董道而不豫兮[31]，
固将重昏而终身[32]。
乱曰：
鸾鸟凤皇，
日以远兮。
燕雀乌鹊，
巢堂坛兮。
露申辛夷[33]，
死林薄兮[34]。
腥臊并御[35]，
芳不得薄兮[36]。
阴阳易位，
时不当兮。
怀信侘傺，
忽乎吾将行兮[37]！

注释

①奇服：奇异美丽的服装，比喻非同一般的德才。

②衰：减弱。

③铗：剑柄，此指剑。陆离：长的样子。

④冠：帽，此作动词，戴。切云：冠名。崔嵬：高耸的样子。

⑤被：同披。明月：珍珠名，即夜光珠。珮：同佩。宝璐：美玉。

⑥溷浊：混浊。

⑦方：将。高驰：高高飞驰，比喻志行高尚，决不媚俗。顾：回头。

⑧虬：传说中的一种龙。骖：参见《国殇》注⑤，此作动词，意为将白螭驾于车前两边。螭：传说中一种与龙相似的动物。

⑨圃：花园。

⑩食玉英：比喻坚持理想，进修才德。

⑪南夷：相当于说“南蛮”，指楚国南部的少数民族。

⑫旦：清晨。济：渡。乎：于。江：长江。湘：湘江。

⑬鄂渚：地名，在今武昌。

⑭欸：叹息。绪风：余风。

⑮邸：同抵。方林：大树林。

⑯舲船：有篷窗的小船。上沅：溯沅水而上。

⑰齐：一齐，同时并举。吴榜：大桨，一说为吴地制造的桨。汰：水波。

⑱淹：滞留。回水：回旋的水流。凝滞：停滞不前。

⑲枉渚及下句辰阳：均为地名。

⑳溆浦：地名，即溆水之滨。儃佪：徘徊不前。

㉑如：往。

㉒猿狖（yòu）：泛指猿猴。

㉓霰（xiàn）：雪珠，小冰粒。垠：边。

㉔承：连接。宇：天宇，天空。

㉕接舆：春秋时楚国隐士，与孔子同时。髡（kūn）：剃发，古代一种刑罚。

㉖桑扈（hù）：古代隐士。

㉗以：用。

㉘伍子：春秋时吴国大夫伍员，字子胥，他忠于吴国，直言敢谏，终被吴王夫差逼死。

㉙比干：殷纣王贤臣，因向纣王进谏，被剖腹挖心而死。菹醢：古代把

人剁成肉酱的酷刑。这里是泛说比干死得惨。

㉚与：通举，全部。

㉛董道：正道。豫：犹豫。

㉜重昏：忧患重重。

㉝露申：即瑞香花。

㉞林薄：丛林。

㉟御：进用。

㊱薄：靠近。

㊲忽：飘忽，没有着落的样子。

译文

我自幼喜好这奇丽服饰，
年已老却未减弱这兴趣。
腰佩长宝剑，光彩陆离，
头戴切云冠，高耸崔嵬，
披着明月珠佩带宝璐玉。
世道混浊没有人理解我，
我要远走高驰不再顾惜。
叫青龙驾车让白龙骖御，
我与帝舜同游琼林瑶圃，
登昆仑山品尝玉树花蕊。
我与天地同样长寿，
我与日月齐放光芒。
哀伤南夷没人知道我，
早晨我渡过长江湘江。
攀上鄂渚山回头遥望，
秋冬的余风十分凄凉。
让我的马在山湾漫步，
把车子停在树林边上。
我乘篷船逆沅水而上，
船夫齐举桨劈波斩浪。

船却行速缓慢难向前，
凝滞漩流中迂回荡漾。
黎明我从枉渚启程，
晚间我停宿在辰阳。
只要我心地端直善良，
虽流放远地又有何伤！
进入溆浦我彷徨不前，
迷途不知我该去何方。
山深林密阴暗幽冥，
那是猿猴所居之乡。
山峰高峻遮住日光，
深谷幽晦淫雨迷茫。
雪珠纷纷无边无垠，
云霭霏霏弥漫天宇。
哀伤我一生没有欢乐，
幽居独处在深山之中。
我不能变心顺从世俗，
原本会愁苦穷困终身。
接舆装疯剃光头发，
桑扈愤世裸体而行。
忠良不一定会受重用，
贤能不一定被任命。
伍子胥惨遭祸殃，
比干被剖开胸膛。
自古以来全是这样，
我又何必怨恨今人。
我要坚持正道不犹豫，
必然晦气重重到终身。
尾声：
鸾鸟凤凰，
日渐远翔。

燕雀乌鹊，
筑巢庙堂。
露申辛夷，
枯死林旁。
腥臊并献，
芬芳不赏。
阴阳换位，
生不逢时。
胸怀忠信，始终失意，
我将飘忽，远行他乡！

哀郢

《哀郢》就是哀念郢都。楚顷襄王二十一年（公元前278年）春天，郢都被秦将白起攻破，顷襄王东迁于陈，百姓妻离子散，流离失所。屈原以此为背景，在流放江南陵阳时创作了这首诗。但是戴震的《屈原赋音义》认为："屈原东迁，疑即当顷襄元年，秦发兵，出武关，攻楚，大败楚军，取析十五城而去。时怀王辱于秦，兵败地丧，民散相失，故有皇天不纯命之谓。"又据诗中"至今九年而不复"推断，该诗写作时间为顷襄王九年（公元前290年），是屈原久别郢都思念故乡之作，与秦将白起攻破郢都并无关系。

《哀郢》首先回忆当年离别郢都时悲哀难舍的心情和放逐东迁时经历的艰难险阻，以及触景生情，时刻眷念故乡郢都的悲怆之心。接着写诗人对腐败误国的众谗人和昏聩无能偏听偏信的楚王的痛恨之情。最后以鸟返故乡、狐死首丘作比，表现了诗人爱国爱民、渴望返回故乡郢都的赤诚感情。

原文

皇天之不纯命兮①，
何百姓之震愆②？
民离散而相失兮，
方仲春而东迁③。

去故乡而就远兮，
遵江夏以流亡[4]。
出国门而轸怀兮[5]，
甲之朝吾以行[6]。
发郢都而去闾兮[7]，
怊荒忽其焉极[8]？
楫齐扬以容与兮[9]，
哀见君而不再得。
望长楸而太息兮[10]，
涕淫淫其若霰[11]。
过夏首而西浮兮[12]，
顾龙门而不见[13]。
心婵媛而伤怀兮，
眇不知其所蹠[14]。
顺风波以从流兮，
焉洋洋而为客[15]。
凌阳侯之氾滥兮[16]，
忽翱翔之焉薄[17]？
心絓结而不解兮[18]，
思蹇产而不释[19]。
将运舟而下浮兮，
上洞庭而下江。
去终古之所居兮，
今逍遥而来东。
羌灵魂之欲归兮，
何须臾而忘反[20]？
背夏浦而西思兮[21]，
哀故都之日远。
登大坟以远望兮[22]，
聊以舒吾忧心。
哀州土之平乐兮，

悲江介之遗风[23]。
当陵阳之焉至兮[24]？
淼南渡之焉如[25]？
曾不知夏之为丘兮[26]，
孰两东门之可芜[27]？
心不怡之长久兮，
忧与愁其相接。
惟郢路之辽远兮，
江与夏之不可涉。
忽若不信兮[28]，
至今九年而不复。
惨郁郁而不通兮[29]，
蹇侘傺而含感[30]。
外承欢之汋约兮[31]，
谌荏弱而难持[32]。
忠湛湛而愿进兮[33]，
妒被离而鄣之[34]。
尧舜之抗行兮[35]，
瞭杳杳而薄天[36]。
众谗人之嫉妒兮，
被以不慈之伪名[37]。
憎愠惀之修美兮[38]，
好夫人之慷慨[39]。
众踥蹀而日进兮[40]，
美超远而逾迈[41]。
乱曰[42]：
曼余目以流观兮[43]，
冀壹反之何时[44]？
鸟飞反故乡兮，
狐死必首丘[45]。
信非吾罪而弃逐兮[46]，

何日夜而忘之㊼！

注释

①纯：正，常。

②震：震动。愆（qiān）：罪过，遭罪。

③方：当，正当。仲春：夏历二月。

④夏：夏水，长江的分支。

⑤国门：都门，都城的门。轸（zhěn）怀：痛心。

⑥甲：古代以“十干”（甲、乙、丙、丁、戊、己、庚、辛、壬、癸）和“十二支”（子、丑、寅、卯、辰、巳、午、未、申、酉、戌、亥）相配纪日，甲指甲日。

⑦郢都：春秋时楚国都城，在今湖北省江陵县。闾（lǘ）：里门，此指家乡。

⑧怊（chāo）：忧愁。焉：何，哪里。极：尽头。

⑨楫（jí）：船桨。

⑩长：高大。楸（qiū）：树名，即梓树，落叶乔木。

⑪淫淫：形容泪流不止。

⑫夏首：夏水口。

⑬龙门：郢都东门。

⑭蹠（zhí）：踏，落脚。

⑮焉：于是。洋洋：漂泊不定的样子。

⑯凌：登，乘着。阳侯：波浪之神，此指波浪。

⑰忽：飘忽的样子。薄：通泊，停泊。

⑱絓（guà）结：牵挂郁结。

⑲思：思绪。蹇产：曲折，不顺畅。释：消解。

⑳须臾（yú）：片刻。

㉑背：背向，背离。西思：思念西边的故乡。

㉒坟：水边高地或堤防。

㉓江介：长江两岸。遗风：古代遗留下来的好风俗。

㉔当：面对。陵阳：地名，在今安徽青阳县陵阳镇，是屈原向东流放的终点。一说“陵阳”即“陵阳侯”，指波浪。

㉕淼：大水茫茫的样子。如：往。

㉖夏：同厦，指郢都的宫殿。丘：土丘，此作废墟解。

㉗两东门：郢都东关的两座城门。

㉘忽：迅速。若：好像，似乎。

㉙通：通畅，舒畅。

㉚蹇侘傺：潦倒失意的样子。慼：同戚，忧愁。

㉛外：外表，外貌。承欢：讨人喜欢，献媚。汋约：同绰约，姿态柔美的样子。

㉜谌：诚然，确实。荏弱：软弱。持：通恃，依靠。

㉝湛湛：淳厚朴实的样子。愿进：愿被任用，为国效力。

㉞被离：通披离，众多杂乱的样子。鄣：同障，遮蔽，阻碍。

㉟尧舜：唐尧、虞舜，传说中的上古圣君。抗：通亢，高尚。行：行为，德行。

㊱瞭：眼光明亮。杳杳：高远的样子。薄：接近。

㊲被：加在身上。不慈：对子女不慈爱。伪名：捏造的罪名。尧舜都没有把帝位传给自己的儿子而被谗人指责为“不慈”。

㊳愠伦（wěn lún）：忠诚的样子。

㊴夫：那些。慷慨：指巧言令色，能说会道。

㊵众：指谗人。踥蹀：小步行走的样子。

㊶美：指贤臣。超：义同远。逾迈：愈加疏远。

㊷乱：古代乐歌中的尾声，在辞作中是全篇的结语。

㊿曼：伸展。流观：四处观望。

㊹冀：希望。壹反：即一返，回去一趟。

㊺首丘：头向山丘，相传狐狸死时总要把头朝向它所生长的山丘。

㊻信：实在，的确。弃逐：放逐，流放。

㊼之：指郢都。

译文

皇天竟这样喜怒无常，

为什么叫百姓遭祸殃。

妻离子散，家破人亡，

仲春二月，迁逃东方。
我离别故乡，去往远方，
沿长江夏水，一路流亡。
刚迈出国门，心就悲痛，
我甲日清晨，开始流浪。
从郢都出发，离开家园，
我神情恍惚，天涯茫茫。
大家齐举桨，航船慢行，
哀伤我不得，再见君王。
遥望高挺的楸树喟然长叹，
雪珠般的热泪啊滚滚流淌。
船过了夏水源头就向西行，
回眺郢都再不见东门城墙。
我心眷恋牵挂满怀悲怆，
前程渺茫不知落脚何方。
顺从风波飘流江河之上，
四海飘泊客居沦落他乡。
顶着阳侯水神的滔滔波浪，
船像孤雁不知向何处翱翔。
我心绪郁结难以解开
我情思纠缠怎能舒畅。
我将驾船漂浮而下，
告别洞庭进入长江。
离开世代所居故土，
只身浪迹来到东方。
梦萦魂牵想归故里，
何曾片刻忘返家乡？
船离夏浦思恋西边，
哀悲故都日渐渺茫。
登上大堤极目远望，
聊以舒散我的惆怅。

感慨这里人民还安居乐业，
悲叹江边古风恐不能久长。
面对洪波不知去向，
江水浩淼南渡何方？
谁料到郢都宫室变为废墟，
谁料到东门内外竟会荒凉！
我心情不悦已很长久，
旧忧未消又添上新愁。
郢都的道路那么辽远，
长江夏水把归途隔断。
光阴似箭真令人难信，
至今九年我未返郢都。
郁积的思绪难解难通，
困顿失意我愁眉颦蹙。
外表一副邀宠的媚态，
实质软骨头难以依赖。
忠心耿耿愿为国效力，
群小嫉妒横设下障碍。
唐尧虞舜的崇高德行，
像日月经天高不可攀。
众谗人嫉妒尧舜品格，
竟加给他们不慈伪名。
憎愠忠臣的高风美德，
偏好小人的巧言令色。
谗人献媚却日日高升，
君子超俗却愈加疏远。
尾声：
我纵目向四方遥望，
何时如愿回归一趟？
鸟儿终要飞回故乡，
狐狸临死头朝丘岗。

我确实无罪竟遭弃逐，
哪天哪夜不怀恋故乡！

抽　思

《抽思》是屈原于楚怀王后期初次被斥逐流放汉北时的作品，大约与创作《离骚》的时间相差不远。

“抽”，抽绎分析，清理头绪；“思”，情思哀怨；抽思即缕述纷繁复杂的思绪和抒写悲伤怨恨的心情。

《抽思》可分前后两部分。开头到“敖朕辞而不听”，叙述诗人对楚怀王喜好谗谀、自以为是、出尔反尔、喜怒无常的愤懑和诗人爱国忧民、忠言直谏得不到楚王理解的哀伤。第二部分从“倡曰：有鸟自南兮”到结尾，抒写诗人流放汉北的颠沛流离、形单影只的痛苦心情和渴望由贤人疏通重受楚王信任以实现美政、重返故乡郢都的良好愿望。《抽思》写得情真意切，缠绵悱恻，一唱三叹，如泣如诉。

原文

心郁郁之忧思兮，
独永叹乎增伤。
思蹇产之不释兮，
曼遭夜之方长。
悲秋风之动容兮①，
何回极之浮浮②！
数惟荪之多怒兮③，
伤余心之忧忧。
愿摇起而横奔兮④，
览民尤以自镇⑤。
结微情以陈词兮⑥，
矫以遗夫美人⑦。
昔君与我成言兮，
曰黄昏以为期。

羌中道而回畔兮[8]，
反既有此他志[9]。
㤭吾以其美好兮[10]，
览吾以其修姱。
与余言而不信兮，
盖为余而造怒[11]？
愿承间而自察兮[12]，
心震悼而不敢[13]。
悲夷犹而冀进兮[14]，
心怛伤之憺憺[15]。
历兹情以陈辞兮[16]，
荪详聋而不闻[17]。
固切人之不媚兮[18]，
众果以我为患。
初吾所陈之耿著兮[19]，
岂至今其庸亡[20]？
何独乐斯之謇謇兮[21]？
愿荪美之可光[22]。
望三五以为像兮[23]，
指彭成以为仪[24]。
夫何极而不至兮[25]？
故远闻而难亏[26]，
善不由外来兮，
名不可以虚作。
孰无施而有报兮[27]？
孰不实而有获[28]？
少歌曰[29]：
与美人抽思兮[30]，
并日夜而无正。
㤭吾以其美好兮，
敖朕辞而不听[31]。

倡曰[32]：
有鸟自南兮，
来集汉北[33]。
好姱佳丽兮，
胖独处此异域[34]。
既惸独而不群兮[35]，
又无良媒在其侧[36]。
道卓远而日忘兮[37]，
愿自申而不得[38]。
望北山而流涕兮[39]，
临流水而太息[40]。
望孟夏之短夜兮[41]，
何晦明之若岁[42]？
惟郢路之辽远兮[43]，
魂一夕而九逝[44]。
曾不知路之曲直兮[45]，
南指月与列星。
愿径逝而未得兮[46]，
魂识路之营营[47]。
何灵魂之信直兮，
人之心不与吾心同？
理弱而媒不通兮[48]，
尚不知余之从容[49]。
乱曰：
长濑湍流[50]，
溯江潭兮[51]。
狂顾南行，
聊以娱心兮。
轸石崴嵬[52]，
蹇吾愿兮[53]。
超回志度[54]，

行隐进兮[55]，
低徊夷犹[56]，
宿北姑兮[57]。
烦冤瞀容[58]，
实沛徂兮[59]。
愁叹苦神，
灵遥思兮。
路远处幽，
又无行媒兮。
道思作颂。
聊以自救兮。
忧心不遂[60]，
斯言谁告兮[61]？

注释

①容：大自然的面貌。

②回极：指北极星。浮浮：动的样子。

③数：屡次。惟：思。荪：香草名，喻楚怀王。

④摇起：王念孙《读书杂志》："摇起，疾起也。与横奔文正相对。"横奔：不按道路走，乱跑。

⑤尤：罪，苦难。

⑥结：集结。

⑦娇：举。美人：喻楚怀王。

⑧中道：中途。回畔：背叛，翻悔。畔：通叛。

⑨既：已经。

⑩憍：同骄，骄傲，夸耀。其：指楚怀王。

⑪盖：通盍，何以，为什么。造怒：故意找茬发火。

⑫间：间隙，机会。承间：趁合适的机会。察：表白。

⑬震悼：又害怕又悲伤。

⑭夷犹：犹豫。

⑮怛：悲伤。憺憺：通惔惔，被火焚烧的样子，此指忧心如焚。

⑯历：列举。

⑰详：同佯，假装。

⑱切人：真诚直率的人。

⑲耿著：明白清楚。

⑳庸：乃，就。亡：通忘。

㉑乐：喜欢，爱好。斯：此，这。謇謇：忠直敢言。

㉒光：发扬光大。

㉓三五：指三王（夏禹、商汤、周文王）五霸（春秋时的齐桓公、晋文公、秦穆公、宋襄公、楚庄王）。像：榜样。

㉔仪：楷模。

㉕极：目的地。至：达到。

㉖闻：名声。亏：减损。

㉗施：给予，施舍。

㉘实：动词，结出果实。

㉙少歌：古代乐章音节的名称。从音乐形式看，它可能是乐歌中间穿插的小合唱；从诗的结构来看，它是前半篇的小结。

㉚抽：抽绎，引出。思：情思。

㉛敖：通傲。朕：我的。

㉜倡：同唱，也是音乐章节的名称。从音乐形式看是另外起唱；从诗的结构上看，是另起一层。

㉝集：鸟栖于树。汉北：汉水以北。

㉞胖（pàn）：分离。

㉟惸（qióng）：同茕，孤独。

㊱良媒：好媒人，比喻替自己向楚王说情的人。

㊲卓：通逴（chuò），与“远”同义。

㊳申：申诉。

㊴北山：疑指郢都附近的山；指代故乡。

㊵临：面对。

㊶孟夏：初夏，相当于农历四月。

㊷晦明：从天黑到天亮，指一夜。

㊸郢路：去郢都的路。

㊹九逝：比喻多次往复。

㊺曾不知：不曾知。

㊻径逝：径直而去。

㊼营营：往来忙碌的样子。

㊽理：使者，媒人。媒：动词，说合。

㊾从容：举止行为，情形。

㊿濑（lài）：浅滩。湍：急流。

51潭：深水。

52轸（zhěn）石：扭曲的怪石。崴嵬（wēi wéi）：突兀不平的样子。

53蹇：阻碍。

54超：超越。回：指回汉北。志度：考虑。

55行：前进。隐：停止不前。进：郭沫若校作“难”，疑近是。

56低佪：徘徊。夷犹：犹豫。

57北姑：地名。

58瞀（mào）：心绪烦乱。

59实：实在由于。沛徂（cú）：颠沛流离。

60遂：顺畅。

61斯：此。谁告：告谁。

译文

心中抑郁充满忧思，

独自长叹愈加悲伤。

愁思纠缠释解不开，

时逢黑夜偏又漫长。

悲叹秋风让景色变样，

何以北极星也在浮荡。

常想起楚王容易恼怒，

这使我内心忧愁感伤。

有时候我真想任性而行，

见人民苦难又镇定自忍。

我把细微情思结成言词，

高举着献给敬爱的楚王。
昔日君与我已经说定，
我们的佳期定在黄昏。
谁料想你却中途翻悔，
因为你已经有了他心。
你常向我炫耀你娇贵美好，
你常向我显示你花容月貌。
你与我说的誓言全不信守，
你无缘无故对我怒吼暴跳。
我愿找时机表白心迹，
却心惊胆战不敢张嘴。
我悲哀犹豫盼望进言，
心中的创伤好似火燃。
我历述衷情向你陈辞，
你装聋作哑充耳不闻。
原本正直人不会谄媚，
众小人果然视我为祸根。
当初我的陈述明确显著，
难道至今你已经忘光？
为何我独爱忠言直谏？
唯愿您美德愈加辉煌。
三王五霸是你的榜样，
贤臣彭咸是我的样板。
有什么目标不能达到？
美名远播想诋毁亦难。
美善不是外来的结果，
名誉不靠虚假的做作。
谁能不施予就有回报？
谁能不播种就有收获？
短歌：
我向君王条分缕析述胸臆，

白天和黑夜都没有人作证。
他总是自恃美貌感觉良好，
对我的真情直言傲慢不听。
唱道：
有只鸟儿来自南方，
栖息于汉北的树上。
它异常端丽和漂亮，
却离群独处在异乡。
既形单影只独来独往，
又没有良媒在它身旁。
道路遥远日益被人淡忘，
想申诉衷肠又没有对象。
凝望北山痛哭流涕，
面朝流水叹息感伤。
望着初夏的短暂夜晚，
为何我竟会度夜如年。
去郢都的路多么辽远，
灵魂一夜竟来往九遍。
我的灵魂还不知路途曲直，
靠南天的月亮星星辨方向。
想找捷径前往却未觅得，
灵魂整夜识路碌碌奔忙。
这灵魂多么守信和正直，
别人的心与我的不相同。
使者媒人无法引荐疏通，
尚无人知晓我现在情形。
尾声：
浅滩长，湍流急，
溯江而上深水里。
急急回顾朝南行，
聊以自娱慰心情。

怪石崔嵬又嶙峋，
阻我回乡的愿望。
到底北回或南渡，
进退两难费思量。
徘徊犹豫在歧路，
暂且投宿到北姑。
忧愁烦闷眉颦蹙，
颠沛流离心中苦。
愁眉苦脸长叹息，
灵魂遥思恋郢都。
道路旷远居处幽，
又无良媒传衷肠。
一路哀思成此诗，
聊以自救解悲伤。
忧戚之心终不畅，
我这话儿对谁讲！

惜往日

《惜往日》大概是屈原自投汨罗江前的绝命之辞。

屈原这时已下定决心投江自尽，以身殉国。这个“举世皆浊我独清，众人皆醉我独醒”的昏暗社会，诗人已不再留恋，若能用自己宝贵的生命唤起人们，使君王醒悟，那么投身祖国晶莹澄碧的江水之中，未尝不是一种最好的选择和归宿。所以，诗人“宁溘死而流亡”，“将从彭咸之所居”，从容镇定，异常冷静。然而，屈原此刻又不无悲伤和遗憾，痛惜往日，百感交集。诗人回想往日曾受到楚怀王信任，竭忠尽智以事其君，一心想使时世清明、国家富强。正当诗人功业初建、大展宏图时，却遭到奸佞谗人的嫉妒诬陷，昏庸的楚王听信谗言，不明察是非，竟然盛气发怒，强加罪过，流放忠臣。“或忠信而死节，或訑谩而不疑”，自古以来，比比皆是。诗人以古今贤人的坎坷遭遇，来抒发自己的怀才不遇、横遭冤屈的衷情；痛斥奸佞谗人阿谀谄媚、构陷忠良、误国害民的丑陋行径；悲叹楚王深受蒙蔽、不辨良莠忠奸，背法度而心治，致使国家命运危如累卵。这一切令人痛惜的事情，使得屈原这位伟大的爱国诗人终身遗憾，死不瞑目！

原文

惜往日之曾信兮，
受命诏以昭时①。
奉先功以照下兮②，
明法度之嫌疑③。
国富强而法立兮，
属贞臣而日娭④。
秘密事之载心兮⑤，
虽过失犹弗治⑥。
心纯庞而不泄兮⑦，
遭谗人而嫉之。
君含怒而待臣兮，
不清澈其然否⑧。
蔽晦君之聪明兮⑨，
虚惑误又以欺⑩。
弗参验以考实兮⑪，
远迁臣而弗思⑫。
信谗谀之混浊兮，
盛气志而过之⑬。
何贞臣之无罪兮，
被离谤而见尤⑭？
惭光景之诚信兮⑮，
身幽隐而备之⑯。
临沅湘之玄渊兮⑰，
遂自忍而沈流⑱。
卒没身而绝名兮⑲，
惜壅君之不昭⑳。
君无度而弗察兮㉑，

使芳草为薮幽[22]。
焉舒情而抽信兮[23]，
恬死亡而不聊[24]。
独鄣壅而蔽隐兮[25]，
使贞臣而无由[26]。
闻百里之为虏兮[27]，
伊尹烹于庖厨[28]。
吕望屠于朝歌兮[29]，
宁戚歌而饭牛[30]。
不逢汤武与桓缪兮[31]，
世孰云而知之[32]？
吴信谗而弗味兮[33]，
子胥死而后忧[34]。
介子忠而立枯兮[35]，
文君寤而追求[36]。
封介山而为之禁兮[37]，
报大德之优游[38]。
思久故之亲身兮[39]，
因缟素而哭之[40]。
或忠信而死节兮[41]，
或訑谩而不疑[42]。
弗省察而按实兮[43]，
听谗人之虚辞[44]。
芳与泽其杂糅兮[45]，
孰申旦而别之[46]？
何芳草之早殀兮[47]？
微霜降而下戒[48]。
谅聪不明而蔽壅兮[49]，
使谗谀而日得[50]。
自前世之嫉贤兮，
谓蕙若其不可佩[51]。

妒佳冶之芬芳兮[52]，
嫫母姣而自好[53]。
虽有西施之美容兮[54]，
谗妒入以自代[55]。
愿陈情以白行兮[56]，
得罪过之不意[57]。
情冤见之日明兮，
如列宿之错置[58]。
乘骐骥而驰骋兮[59]，
无辔衔而自载[60]；
乘氾泭以下流兮[61]，
无舟楫而自备[62]；
背法度而心治兮[63]，
辟与此其无异[64]。
宁溘死而流亡兮[65]，
恐祸殃之有再。
不毕辞而赴渊兮[66]，
惜壅君之不识[67]！

注释

①命诏（zhào）：君主所下的诏令。昭时：使时世变得清明。

②奉：遵奉，继承。

③嫌疑：用法度来明是非，决嫌疑。

④属（zhǔ）：嘱托，托付。贞臣：忠贞之臣，这里是屈原自称。娭：同“嬉”，嬉戏，玩乐。

⑤载心：放在心上。

⑥治：追究。

⑦纯庬：纯厚，敦厚。

⑧清澂：弄清，澄清。然否：是否如此。

⑨蔽晦：蒙蔽以使之昏暗。聪明：耳聪目明，这里指耳目。

⑩虚：无中生有。惑：以假乱真。

⑪参验：比较各种事物和情况进行检验。考实：循名核实，实事求是。

⑫迁：放逐。臣：屈原自指。

⑬盛气志：盛气凌人。过：责罚，加罪。

⑭见：被。尤：归罪，指责。

⑮景：同“影”。诚信：真诚守信。这里以光和影的关系比喻理想的君臣关系。

⑯幽隐：深藏不露面。备：同“避”。

⑰临：面对。玄渊：深渊。

⑱沇：同“沉”。沉流：指投江自尽。

⑲卒：终于，最终。

⑳壅君：受蒙蔽的君王，指楚顷襄王。昭：明白。

㉑度：尺度，这里指衡量是非善恶的标准。

㉒薮（sǒu）：生长着很多草的湖。幽：深处。

㉓焉：哪里。舒情：倾诉感情。抽信：有条理地表达真心实意。

㉔恬（tián）：安静，坦然。不聊：不苟且偷生。

㉕独：只是。鄣：同“障”。障壅：同于“蔽隐”，都指楚王受谗人蒙蔽。

㉖无由：无路。

㉗百里：人名，即百里奚。虏：俘虏，奴隶。百里奚原是春秋前期虞国大夫，晋国灭虞被俘，晋献公把他作为女儿的陪嫁奴隶送往秦国，他逃跑出来，被楚国人捉住。秦穆公听说百里奚贤能，用五张羊皮把他赎回，并加以重用。

㉘伊尹：商汤的贤相。传说他原是个奴隶，因善于烹调受到商汤喜欢并被重用，是助商汤灭夏的开国功臣。庖（páo）厨：厨房。

㉙吕望：姜太公，传说他曾在殷都朝歌（今河南淇县北）当过屠户，宰牛为生，后遇周文王，才被重用。

㉚宁戚：春秋前期卫国人。相传他到齐国经商，夜里喂牛时看到齐桓公，就敲着牛角唱歌，感慨自己怀才不遇。齐桓公知道这是个贤人，就车载而归，任用他为卿。饭：饲养，喂养。

㉛汤：商汤。武：周武王。吕望虽是被周文王发现重用的，但后来他辅助周武王灭商。桓：齐桓公，春秋五霸之一。缪：通“穆”，秦穆公，春秋

五霸之一。

㉜孰：谁。云：语气词。

㉝吴：吴王夫差。信谗：指吴王夫差听信太宰伯嚭（pǐ）的谗言，逼死伍子胥。弗味：不加辨别。

㉞子胥：伍子胥，吴国忠臣，因为反对吴王夫差与越国媾（gòu）和并且伐齐，被夫差逼死。死而后忧：伍子胥死后不久，吴国就被越国灭亡。

㉟介子：介子推，曾追随晋公子重耳在外流亡十九年。后来重耳做了晋国国君（晋文公），赏赐跟随流亡的人，却忘了介子推。介子推便和母亲隐居绵山（今山西介休县东南）。晋文公想起他的功劳，派人寻找并请他出山，他始终不肯。晋文公便放火烧山想逼他出来，介子推坚决不出山，结果抱着一棵树被烧死。

㊱文君：晋文公，春秋五霸之一。寤（wù）：通“悟”，醒悟。追求：追寻介子推。

㊲封：赐给土地。介子推死后，晋文公把绵山下的一些田地封赐为介子推的祭田，并把绵山改称为介山，以表示对介子推的怀念。

㊳大德：相传晋文公当初流亡齐楚途中，没有饭吃，介子推曾割下自己的股肉给他吃，这对晋文公来说，当然是大恩德。优游：宽大的样子。

㊴久故：故旧，老朋友。亲身：亲近自己。

㊵缟（gǎo）素：白色衣服，丧服。

㊶或：有的人。

㊷訑谩（dàn mán）：欺诈。訑同“诞”。

㊸省（xǐng）：与“察”同义。按实：考察实际情况。

㊹虚辞：假话。

㊺芳：芳洁，芳香。泽：污垢。杂糅：混杂。

㊻申旦：天天。申：重复。

㊼殀：同“夭”，早死。

㊽戒：戒备。

㊾谅：的确，实在。

㊿日得：日益得势。

(51)蕙若：蕙草和杜若，都是香草，比喻贤才。

(52)佳冶：美丽，这是指美人。

㊼嫫母：传说中的古代丑妇。姣（jiāo）：美好，这里是卖弄风骚之意。

㊽西施：春秋时期越国美女，后被献给吴王夫差。

㊾自代：自我取代。

㊿白行：表白自己的行为。

57不意：没有意料到。

58列宿（xiù）：群星。错：错落。置：安置。

59骐骥：骏马。

60辔（pèi）：缰绳。衔：勒马口的金属。自载：没有工具，仅靠自己徒手驾驭。

61氾：同“泛”，漂浮。泭（fú）：同“桴”，竹木筏子。

62楫（jí）：船桨。

63心治：不要法度，凭个人意志进行治理。

64辟：通“譬”，譬如。

65宁：宁愿。溘（kè）：突然。流亡：随水漂流。

66毕：完。赴渊：指投水自杀。

67识：知道，了解。

译文

痛惜往日我曾受到信任，
禀受王命想使时世清明。
遵奉先王功业照耀后世，
修明法度明确是非嫌疑。
那时国家富强法律严明，
国事托忠臣君王可游憩。
国家秘密事我谨记心头，
虽有过失君王也不追究。
我心地纯厚不泄露机密，
谁知竟遭谗人满怀嫉妒。
君王听信谗言含怒待我，
并不澄清其中是非曲直。
谗人蒙蔽了君王的耳目，

虚言蛊惑误导欺骗君王。
君王也不检验考察事实，
竟然远迁忠臣毫不思量。
他偏信混浊的谗言阿谀，
盛气发怒强加给我罪状。
为何忠贞之臣没有罪过，
反被离间诽谤受罪遭殃？
惭愧于光和影诚信不离，
我隐身躲避到幽暗地方。
我面对沅水湘水的深渊，
就要忍心跳进水流自沉。
最终身死名灭又怕什么，
只可惜君王你永受蒙骗。
君王无标准不明察美丑，
竟使芳草埋没湖泽深处。
到何处倾诉真情和忠诚，
我恬然去死不苟且偷生。
只是君王会被佞臣蒙蔽，
使忠臣受压抑报国无门。
听说百里奚曾当过奴隶，
伊尹曾埋没厨房里烹调。
姜太公在朝歌做过屠户，
宁戚夜里喂牛唱着歌谣。
不遇商汤周武齐桓秦穆，
世上谁知他们才能高超？
吴王夫差信谗不辨忠奸，
逼死伍子胥有亡国之忧。
介子推忠贞却站着烧死，
晋文公醒悟后追悔莫及。
封赐介山禁止人们砍柴，
报答介子推的大德深恩。

思念故友往日患难与共，
因而身着白衣痛哭失声。
有的人忠信却守节而死，
有的人欺诈却不受怀疑。
君王不能明察实事求是，
只听信谗人的虚伪言辞。
芳洁和污垢混杂在一块，
谁能天天准确辨别清晰？
为何芳草过早夭折凋谢？
只因微霜突降没有戒备。
君王耳目不明深受蒙蔽，
才使谗谀小人日益得势。
自古就有嫉贤妒能的人，
竟说香蕙杜若不可佩戴。
嫉妒美人姿容佳丽芬芳，
丑妇嫫母扭捏故作媚态。
虽有西施般的无比美貌，
谗妒小人也会阴谋取代。
我愿陈诉衷情表白行为，
落得罪过完全出乎意外。
真情和冤屈已日益明晰，
犹如天上星星错落明摆。
想乘骏马驰骋四方，
没有缰绳仅靠双手；
想乘竹筏顺流而下，
没有船桨划具自筹；
违背法度听凭意志，
与此相比同样荒谬。
我宁愿突然死去随流水，
唯恐再次遭受不测祸殃。
不把话说完就投赴深渊，

痛惜昏君难识我的衷肠！

橘　颂

《橘颂》，对桔树的赞美和歌颂。

诗歌采用象征比兴手法，托物言志。屈原根据橘树“受命不迁，生南国兮”“精色内白，类可任兮”“苏世独立，横而不流兮”、“秉德无私，参天地兮”等特点，对桔树进行拟人化的描写和赞颂，实际上表现了诗人热爱祖国故土、追求高尚志趣、不随波逐流、渴望建功立业的思想感情。

全诗格调昂扬，意气风发，充满自信，丝毫不悲凉哀怨，与屈原其他诗歌不同，应是诗人早期受楚王信任重用时的作品。

原文

后皇嘉树①，
橘徕服兮②；
受命不迁③，
生南国兮。
深固难徙，
更壹志兮④；
绿叶素荣⑤，
纷其可喜兮！
曾枝剡棘⑥，
圆果抟兮⑦；
青黄杂糅，
文章烂兮⑧。
精色内白⑨，
类任道兮⑩；
纷缊宜修⑪，
姱而不丑兮⑫！
嗟尔幼志⑬，
有以异兮；

独立不迁，
岂不可喜兮！
深固难徙，
廓其无求兮⑭；
苏世独立⑮，
横而不流兮⑯。
闭心自慎⑰，
终不失过兮⑱；
秉德无私⑲，
参天地兮⑳。
愿岁并谢㉑，
与长友兮㉒；
淑离不淫㉓，
梗其有理兮㉔。
年岁虽少，
可师长兮；
行比伯夷㉕，
置以为像兮㉖。

注释

①后：后土。皇：皇天。后皇：对天地的尊称。

②服：习惯。徕：同“来”。

③受命：受天地之命，即禀性，天性。不迁：不能移植。《周礼·考工记》：“橘逾淮而北为枳（zhǐ）。”

④壹志：专一的意志。

⑤素荣：白花。

⑥曾：通增，重迭。曾枝：枝条累累。剡（yǎn）：尖利。棘：刺。

⑦抟（tuán）：圆圆的。

⑧文章：纹理色彩，指橘皮的颜色。烂：有光彩，很鲜艳。

⑨精色：鲜明的颜色。内白：指橘的内瓤纯洁。

⑩类：似。任道：怀抱道义。

⑪纷缊（yūn）：繁茂。

⑫丑：类，比。不丑：出类拔萃，无比。

⑬嗟（jiē）：赞叹词。尔：你，指桔。

⑭廓（kuò）：空阔广大，指心胸豁达。

⑮苏：醒。

⑯横：横渡。流：随波逐流。

⑰闭心：关闭内心，即节欲。自慎：自戒谨慎。

⑱失过：过失。

⑲秉：持。

⑳参：合。参天地：精神上与天地相合（古人认为天地是无私的）。

㉑岁：年岁。并谢：同死。

㉒长友：长久为友。

㉓淑：善。离：通丽，美丽。

㉔梗：正直。

㉕行：品行。伯夷：殷周之际人，因反对周武王灭殷，耻食周粟，饿死于首阳山。古人一直将其视为清高有节操的人物。

㉖像：榜样。

译文

天地间嘉美的橘树，
适应于这里的水土。
禀受天命不可迁植，
只肯生长南方国度。
根深蒂固难以转徙，
志向专一坚定不移。
翠绿树叶洁白花蕾，
蓊郁繁茂令人欣喜。
密密枝丫尖尖刺儿，
圆圆果实挂满枝间。
青果黄果色彩杂糅，
好一幅绚烂的画卷！

皮色晶莹内质洁白，
犹如君子担任道义。
挺拔茂盛修饰得体，
美丽形象无与伦比。
赞叹你年少的志向，
有与众不同的地方；
性格刚强独立不迁，
岂不让人惊喜欢畅。
根深蒂固难以迁徙，
胸怀旷达没有贪求。
头脑清醒独立于世，
湍水横渡决不逐流。
节欲自省虚心谨慎，
始终也不犯过得咎。
秉公无私美德昭昭，
可同天地一样不朽。
我愿与你同生共死，
相与长做知音挚友。
淑丽端庄终不淫逸，
脾性梗直知情达理。
年龄虽少老成持重，
可作兄长可为师表。
品行高洁好比伯夷，
树立楷模千古光照！

渔　父

屈原以第三人称视角，采用主客问答方法所写的《渔父》，犹如一场短小精致构思新颖的独幕话剧。《渔父》首先交待时间、地点和人物；接着描写渔父与屈原一问一答，再问再答；最后渔父独自唱歌划船离去。情节简洁明晰，人物着墨不多，屈原和渔父两个人物形象却性格鲜明，栩栩如生，音容笑貌，跃然纸上。

渔父既认出屈原是三闾大夫，又能与屈原探讨如此深刻的处世之道和人生哲理，足见不是真正的渔父，而是一位隐居山林湖泽的贤人高士。渔父提出的问题和谈论的人生见地，或许是对屈原的试探，或许是一种真诚的劝说；然而屈原的回答却是态度鲜明，立场坚定，毫不妥协，“宁赴湘流，葬于江鱼之腹中，安能以皓皓之白，而蒙世俗之尘埃乎”？正是这种甘愿清白以死、宁为玉碎不为瓦全的崇高品德、贤贞情操连同其不朽诗章，使得屈原成为中华民族历史上最优秀的诗人之一，彪炳千古，流芳百世！

原文

屈原既放①，
游于江潭②，
行吟泽畔③，
颜色憔悴，
形容枯槁④。
渔父见而问之曰⑤：
子非三闾大夫与⑥？
何故至于斯？
屈原曰：
举世皆浊我独清⑦，
众人皆醉我独醒⑧，
是以见放⑨。

渔父曰：
圣人不凝滞于物[10]，
而能与世推移。
世人皆浊，
何不淈其泥而扬其波[11]？
众人皆醉，
何不餔铺其糟而歠其醨[12]？
何故深思高举[13]，
自令见放为[14]？
屈原曰：
吾闻之，
新沐者必弹冠[15]，
新浴者必振衣[16]。
安能以身之察察[17]，
受物之汶汶者乎[18]？
宁赴湘流，
葬于江鱼之腹中，
安能以皓皓之白[19]，
而蒙世俗之尘埃乎？
渔父莞尔而笑[20]，
鼓枻而去[21]，
歌曰：
沧浪之水清兮[22]，
可以濯吾缨[23]；
沧浪之水浊兮，
可以濯吾足[24]。
遂去，
不复与言。

注释

①放：放逐。

②江潭：江边水深处。这里指湘江一带。

③行吟：边走边吟诵。

④枯槁（gǎo）：枯瘦而无润泽。

⑤渔父（fǔ）：渔翁。父，古代对老年男子的尊称。

⑥三闾大夫：楚国官名，屈原曾任三闾大夫，掌管楚国屈、景、昭三姓王族谱牒等事。

⑦浊、清：喻指品德行为方面。

⑧醉、醒：喻指对楚国情况和天下形势的认识。

⑨是以：因此。见：被。见放：被放逐。

⑩凝滞：本义是水流不畅，引申为拘泥、迂执。

⑪淈（gǔ）：搅混。淈泥扬波：指同流合污。

⑫餔（bǔ）：食。糟：酒渣。歠（chuò）：饮。醨（lí）：薄酒。餔糟歠醨：指与世同醉。

⑬深思：忧国忧民，即独醒。高举：举止清高，即独清。

⑭为：表疑问的语气词。

⑮沐：洗头。

⑯浴：洗澡。

⑰察察：洁白的样子。

⑱汶汶（mén）：玷污。

⑲皓皓：皎洁，莹洁。尘埃：喻污秽的品行。

⑳莞尔：微笑的样子。

㉑鼓：划动。枻（yì）：船桨。

㉒沧浪：古水名，是汉水的支流，在今湖北省境内。

㉓濯（zhuó）：洗。缨：帽带。

㉔以上四句歌词即《沧浪歌》，又叫《孺子歌》，早在春秋时期就已传唱，孔子曾以此歌告诫弟子说："小子听之，清斯濯缨，浊斯濯足，自取之也。"（见《孟子·离娄上》）

译文

屈原已遭到放逐，

浪游在湘江岸边，

吟咏在湖泽堤畔，
面容十分憔悴，
身体枯瘦如柴。
渔父看见他，就问道：
您不是三闾大夫吗？
为何落到这种地步？
屈原说：
世人都浊我独清，
众人都醉我独醒，
因此被放逐了。
渔父说：
圣人不拘泥于外物环境，
而能够与世俗共同变化。
世人都混浊不清，
你为何不搅泥沙扬波澜？
众人都醉生梦死，
你为何不吃酒糟喝薄酒？
为何要忧国忧民举止清高，
自己弄得被放逐？
屈原说：
我听说，
刚洗了头定要弹弹帽子，
刚洗完澡定要抖抖衣裳。
怎么能让洁净的身子，
蒙受肮脏之物的玷污？
我宁可投赴湘江碧流，
葬身在鱼腹之中，
怎能让莹洁的身躯，
去蒙受世俗的尘埃？
渔父听后微微而笑，
摇起船橹顺流而去，

唱道：
沧浪之水清啊，
可以洗我的帽缨；
沧浪之水浊啊，
可以洗我的双脚。
于是径自离去，
不再与屈原说话。

九　辩

本篇的作者是宋玉。《九辩》是宋玉的代表作。《九辩》之名，正如《九歌》一样，原是古代神话里的乐曲名，宋玉是借旧题来写新诗。王夫之在《楚辞通释》说："辩，犹遍也，一阕谓之一遍。盖亦效夏启《九辩》之名，绍古体为新裁，可以被之管弦。其词激宕淋漓，异于风雅，盖楚声也。"因此，"九辩"即"九阕"或"九遍"，是指由若干乐章组合而成的一种曲调。《九辩》共有二百五十五句，一千五百多字，在楚辞中是仅次于《离骚》的长篇抒情诗。

《九辩》分章，古多歧异，有八、九、十、十一等几种，一般学者均划分九章。本书采用朱熹《楚辞集注》的分法，将全诗分为九章。第一章写秋天的萧瑟衰败景象，抒发自身孤凄贫困的不平之气。第二章写自己专思君王，而不能见到君王的失意悲伤之情。第三章写因悲秋，而自叹生不逢时的忧愁心情。第四章写忠心事君而遭奸臣挑拨，感叹自己处境恶劣，报国无门。第五章写世道昏暗而慨叹贤士难遇明君。第六章写昏君奸臣给国家带来厄运，面对打击，诗人发誓决不随波逐流。第七章写时光流逝，叹年老无成。第八章痛斥奸臣蒙蔽君王，表明了对世事的忧虑。第九章提出效法前圣选贤任能的政治主张，写自己不得志而神游太空的处世态度。

《九辩》是宋玉政治失意后的作品，叙述他在政治上不得志的悲伤，对当时黑暗统治表示不满。他所提倡的举贤授能、施行仁政等政治主张，以及对国家命运的关切，有一定的进步意义。

《九辩》从思想内容到艺术手法，均带有仿效屈原作品的痕迹，但在艺术上仍有它的独创性。它因秋兴感的抒情方式、回旋错综的章法结构以及自由变化的语言形式，都给后代文学以极大的影响。特别是第一次将秋景萧瑟与失意悲伤之情有机地联在一起，开创了悲秋的题材，成为中国古代文人常用的借景抒情形式：采用以秋风、秋物、秋声、秋色为衬托，制造一种萧瑟冷落的气氛，并在这一气氛中抒发幽怨悲哀的情绪。鲁迅先生认为《九辩》：

“虽驰神逞想不如《离骚》，而凄怨之情，实为独绝。”（《汉文学史纲要》）精要地阐明了这篇作品的地位和影响。

一

原文

悲哉，
秋之为气也！
萧瑟兮①，
草木摇落而变衰。
憭栗兮②，
若在远行，
登山临水兮，
送将归。

注释

①萧瑟：秋风吹动草木所发出的声音。

②憭栗（liáo lì）：凄凉的情景。

译文

悲凉啊悲凉，
秋天气候多风吹！
萧瑟啊萧瑟，
草木枯黄渐衰萎。
凄凉啊凄凉，
好像远行未归回，
还在登山临水，
送别归人将久违。

原文

泬寥兮①，

天高而气清。

寂廖兮[2]，

收潦而水清[3]。

憯凄增欷兮[4]，

薄寒之中人[5]。

怆怳㥦悢兮[6]，

去故而就新。

坎廪兮[7]，

贫士失职而志不平[8]。

廓落兮[9]，

羁旅而无友生[10]。

惆怅兮，

而私自怜。

注释

①泬寥：形容空旷的样子。

②寂寥：形容水清澈的样子。

③收潦：指积水归入河道中。

④憯：即"惨"，悲痛。欷：叹息。

⑤中（zhòng）：侵袭。

⑥怆怳：惆怅失意。㥦悢：不得志而凄怆悲愤。

⑦坎廪：坎坷不平，比喻生活道路坎坷。

⑧贫士：贫穷的读书人。

⑨廓落：孤独寂寞。

⑩羁旅：流落在异乡。

译文

旷荡空阔，

秋天高爽气候冷清。

寂静寥廓，

秋江消退水流澄清。
秋心悲愁多叹息，
秋风袭人寒气生。
惆怅悲愤，
离开故乡去谋生。
艰难历程，
贫士削职心不平。
孤零寂寞，
作客他乡无知音。
失意感伤，
暗自辛酸独哀怜。

原文

燕翩翩其辞归兮①，
蝉寂漠而无声。
雁廱廱而南游兮②，
鹍鸡啁哳而悲鸣。③
独申旦而不寐兮④，
哀蟋蟀之宵征⑤。
时亹亹而过中兮⑥，
蹇淹留而无成⑦。

注释

①翩翩：飞得轻快的样子。
②廱廱（yōng）：同“嗈嗈”，指和谐的鸟鸣声。
③鹍鸡：古书上讲的一种鸟，形似鹤，黄白色的羽毛。
④申旦：通宵达旦，直到天亮。
⑤宵征：此指在夜间蟋蟀跳跃鸣叫。
⑥亹亹（wěi）：形容行进不停。
⑦蹇（jiǎn）：楚方言中的发语词。淹留：停留已久。

译文

燕子翩翩飞回南方，
寒蝉寂寞静无声音。
大雁嗈嗈向南飞，
鹍鸡啾啾同作悲鸣。
独自失眠直到天明，
悲伤蟋蟀彻夜哀鸣。
时光消逝过了半生，
滞留异乡老大无成！

二

原文

悲忧穷戚兮独处廓①，
有美一人兮心不绎②。
去乡离家兮徕远客③，
超逍遥兮今焉薄④？

注释

①戚：同“蹙”，迫促的意思。
②有美一人：有一位美人，作者自喻。绎：假借字，借作“怿”，喜悦。
③徕：同“来”。
④超：远。逍遥：此指飘泊无依的意思。焉，何。薄：到。

译文

悲伤穷困空荡荡，
有位美人心不畅。
离乡背井作远客，
飘泊无依向何方？

原文

专思君兮不可化[1]，
君不知兮可奈何？
蓄怨兮积思，
心烦憛兮忘食事[2]。
愿一见兮道余意，
君之心兮与余异。
车既驾兮朅而归[3]，
不得见兮心伤悲。

注释

①专：心专。化：变。
②憛（tán）：忧心烦乱。
③朅（qiè）：离去。

译文

一心念君决不变，
君王不解我怎办？
天天相思积满怨，
忧心烦躁常忘餐。
进见一面叙衷肠，
君心和我不一样。
驾好车马去又回，
不得见君心悲伤。

原文

倚结軨兮长太息[1]，
涕潺湲兮下沾轼[2]。
忼慨绝兮不得[3]，

中瞀乱兮迷惑[4]。
私自怜兮何极？
心怦怦兮谅直[5]。

注释

①倚：靠着。结軨：车箱栏木。

②潺湲：形容泪流很多。轼：车前大的横木。

③忼慨：同“慷慨”，愤激不平。

④瞀（mào）：昏乱烦迷。

⑤怦怦（pēng）：心情激动的样子。谅直：忠诚正直。

译文

靠着车箱空叹息，
眼泪横流车轼上。
愤慨决绝做不到，
心中迷惑乱成糟。
独自哀怜何时了？
一颗忠心怦怦跳。

三

原文

皇天平分四时兮，
窃独悲此凛秋[1]。
白露既下百草兮，
奄离披此梧楸[2]。
去白日之昭昭兮[3]，
袭长夜之悠悠[4]。
离芳蔼之方壮兮[5]，
余萎约而悲愁[6]。

注释

①窃：暗自。凛秋：寒秋。

②奄：忽然。梧楸：梧桐树与楸树，都是落叶的乔木。

③昭昭：光明的样子。

④袭：继续的意思。

⑤蔼：繁盛的样子。

⑥萎：病。约：贫困。

译文

天把一年分四季，
独为寒秋悲凄凄。
白露已降寒百草，
梧楸叶落疏残枝。
告别白天的明亮，
继之黑夜漫绵绵。
芬芳年华已逝去，
贫病悲愁入暮年。

原文

秋既先戒以白露兮①，
冬又申之以严霜②。
收恢台之孟夏兮③，
然欿傺而沈藏④。

注释

①戒：警戒。

②申：再加上的意思。

③恢台：指万物茂盛的样子。

④欿：同“坎”，陷落。傺：停止。

译文

天降寒露警秋风，
再下严霜又到冬。
初夏盛景已尽收，
万木枯黄百花空。

原文

叶菸邑而无色兮①，
枝烦挐而交横②。
颜淫溢而将罢兮③，
柯仿佛而萎黄④。
萷櫹椮之可哀兮⑤，
形销铄而瘀伤⑥。
惟其纷糅而将落兮⑦，
恨其失时而无当⑧。

注释

①菸邑：枯萎。

②烦挐：繁乱的样子。

③淫溢：过度，过分。此指已过盛年，走向衰老。罢：通“疲”，指植物的凋零，也指动物的憔悴。

④柯：树枝。仿佛：模糊，指树枝枯萎色泽黯然的样子。

⑤萷（shāo）：同“梢”，树梢。陈第《屈宋古音义》卷三：“萷，木梢也。”櫹椮：同“萧森”，萧条。

⑥销铄：此指消损衰败。瘀：此指肌体损伤。

⑦惟：思。纷糅：纷乱。

⑧无当：指没有好的际遇。

译文

叶子枯萎无光泽，

枝条交错乱无序。
容颜过盛将凋零，
树干枯黄失生趣。
树梢光秃哀断肠，
形体消损遍体伤。
想到草木纷纷落，
怅恨失去好时光。

原文

揽騑辔而下节兮①，
聊逍遥以相佯②。
岁忽忽而遒尽兮③，
恐余寿之弗将④。
悼余生之不时兮，
逢此世之俇攘⑤。
澹容与而独倚兮⑥，
蟋蟀鸣此西堂。
心怵惕而震荡兮⑦，
何所忧之多方？
卬明月而太息兮⑧，
步列星而极明⑨。

注释

①揽：持。騑：古代驾在车前两侧的马称“騑”或“骖”，在中间的马称“服”。这里泛指驾车的马。辔：马缰绳。下节：停鞭。

②相佯：同“徜徉”，徘徊。

③遒：迫近。

④将：长。

⑤俇攘：纷扰不安。

⑥澹：同“淡”，淡泊。

⑦怵惕：恐惧及警惕。

⑧卬：同“仰”，仰望。

⑨步列星：在星空下散步。极：至。

译文

停住鞭子手持缰，
暂且漫步解愁肠。
匆匆岁月又将尽，
担心寿命难久长。
生不逢时我心伤，
时世一片乱无常。
心境淡泊立门旁，
且听蟋蟀鸣西堂。
内心恐惧常震荡，
为何忧伤积胸膛。
仰天长叹望明月，
星夜独步到天亮。

四

原文

窃悲夫蕙华之曾敷兮①，
纷旖旎乎都房②。
何曾华之无实兮③，
从风雨而飞飏④？
以为君独服此蕙兮⑤，
羌无以异于众芳⑥。

注释

①蕙：香草名，兰草的一种。华：古“花”字。蕙华，即蕙花，作者自喻。敷：开放。

②旖旎：茂盛的样子。都房：华美的花房，比喻宫殿。

③曾：通“层”，曾华：累累的花朵。

④飏：通“扬”。

⑤服：佩带。

⑥羌：楚方言，发语词。

译文

悲伤蕙花曾开放，
缤纷茂美满花房。
为何开花不结果，
风吹雨打遭飘荡？
原以蕙花君主赏，
谁知一视同群芳。

原文

闵奇思之不通兮①，
将去君而高翔。
心闵怜之惨凄兮，
愿一见而有明。
重无怨而生离兮②，
中结轸而增伤③。

注释

①闵：通“悯”，痛惜。奇思：杰出的思想，比喻奇策。

②重（chóng）：从来。

③结轸：郁结而沉痛。

译文

痛惜奇策献不上，
我将离君走远方。

心里悲悯又凄凉，
希见君王明衷肠。
从来无怨却被逐，
心中郁结增情伤。

原文

岂不郁陶而思君兮①？
君之门以九重。
猛犬狺狺而迎吠兮②，
关梁闭而不通③。

注释

①郁陶：忧思郁积在心。
②狺狺（yín）：狗叫声。
③关：城门。梁：桥梁。

译文

难道念君情不深？
只因君门有九重。
猛狗汪汪迎头叫，
殿门紧闭桥不通。

原文

皇天淫溢而秋霖兮①，
后土何时而得漧②？
块独守此无泽兮③，
仰浮云而永叹④。

注释

①淫溢：过分。此指久雨连绵。

②漧乞：同“乾”，简化字为“干”。

③块：块然，孤独的样子。无：通“芜”，荒芜。

④永：长。

译文

老天秋降绵绵雨，
大地何时才能干？
独守草泽荒芜处，
仰望浮云哀声叹。

五

原文

何时俗之工巧兮①，
背绳墨而改错②？
却骐骥而不乘兮③，
策驽骀而取路④。
当世岂无骐骥兮？
诚莫之能善御。
见执辔者非其人兮，
故駶跳而远去⑤。
凫雁皆唼夫粱藻兮⑥，
凤愈飘翔而高举。

注释

①工：善于。巧：投机取巧。

②绳墨：木工画直线时使用的墨斗墨线，比喻规矩、法度。错：通“措”，此指正常的措施。

③却：拒绝。骐骥：骏马，喻贤士。

④策：驱使。驽骀：劣马，喻庸人。取路：上路。

⑤駶：跳。

⑥凫（fú）：野鸭。唼（shà）：水鸟或鱼类吞食东西。

译文

世俗为何善取巧，
敢违规矩乱了套！
拒绝骏马不去骑，
驱使劣马上大道。
难道好马当今无？
实在没有好车夫。
看到车夫不内行，
良马扬蹄难追逐。
野鸭大雁吃粱藻，
凤凰高飞留不住。

原文

圜凿而方枘兮①，
吾固知其鉏铻而难入②。
众鸟皆有所登栖兮，
凤独遑遑而无所集③。
愿衔枚而无言兮④，
尝被君之渥洽⑤。
太公九十乃显荣兮⑥，
诚未遇其匹合⑦。

注释

①圜：同“圆”。枘（ruì）：此指凿的木柄。

②鉏铻：同“龃龉”，互相不合。

③遑遑：匆忙。

④衔枚：古时行军时，常令士卒口衔枚（筷子状）以防出声。这里是指闭口不语的意思。

⑤被：承蒙。渥洽：深厚的恩泽。

⑥太公：姜太公，即姜尚，因封于吕地，亦称吕尚。姜太公帮助周武王伐纣灭殷，建立周朝，周武王封姜太公于齐，这时姜太公已九十岁。

⑦匹：配。

译文

圆孔碰到方木柄，
本知难以安插入。
群鸟都有高窠栖，
凤凰匆忙无住处。
我愿衔枚口不语，
曾受君王的恩遇。
太公九十才显贵，
贤臣难配真明主。

原文

谓骐骥兮安归？
谓凤皇兮安栖？
变古易俗兮世衰，
今之相者兮举肥[1]。
骐骥伏匿而不见兮[2]，
凤皇高飞而不下。
鸟兽犹知怀德兮，
何云贤士之不处[3]？

注释

①相者：相马的人。相：鉴赏。举肥：挑选肥马。动物的优劣不在肥瘦，讽刺当权者选才只看表面。

②伏匿：隐藏。

③不处：不留在朝廷里。

译文

骏马归宿在哪里？
凤凰何处把身栖？
古风变易世道衰，
如今相马看肥姿。
骏马隐藏不愿见，
凤凰高飞不落地。
鸟兽都知怀恩德，
怎怪贤士远别离？

原文

骥不骤进而求服兮①，
凤亦不贪喂而妄食。
君弃远而不察兮，
虽愿忠其焉得？
欲寂漠而绝端兮②，
窃不敢忘初之厚德③。
独悲愁其伤人兮，
冯郁郁其何极④！

注释

①骤：急速。服：驾车。

②寂漠：同“寂寞”。绝端：断绝思绪，指不思念君王。

③初之厚德：即上文“尝被君之渥洽”的意思，指君王当初对自己的厚德。

④冯（píng）：通“凭”，愤懑。极：终了。

译文

骏马不急求驾车，

凤凰不会贪吃喝。
不辨善恶君弃我，
虽愿效忠怎可得？
本想寂寞断思念，
往日皇恩藕丝连。
独自悲愁伤人瘦，
满腔愤懑到何年？

古韵体验

Gu Yun Ti Yan

楚辞

屈原与楚辞的出现，开始了我国诗歌史上《诗经》以后的第二个重要时期。屈原以前的文学作品，譬如《诗经》在流传过程中虽然经过诸多修订，但大体上仍保留着那种纯朴、自然的本来面目，从中可以看出集体生活的情景，群众创作的智慧。而楚辞则基本上是由伟大诗人屈原一个人所创造的，它开创了我国诗歌史上诗人从集体歌唱到个人独立创作的新时代，并把楚地原有民歌从内容到形式都提高了一步，创造出一种崭新文学体裁——骚体。

《楚辞》收诗25篇左右，其中绝大部分为屈原所作，如《离骚》《九歌》《天问》《九章》等。对楚辞的评论研究，实际上就是对其代表作《离骚》的评论和研究。“骚体”就是由此而得名的。

离骚是屈原爱国主义思想的结晶，其内容包含对理想的追求、深厚的爱国主义思想感情以及坚持理想、宁死不屈的斗争精神。在艺术上有极高的造诣和独特的风格：塑造了中国文学史上第一个纯洁高大、血肉丰满、具有鲜明个性的抒情主人公形象。在诗歌形式和语言上有很大的突破，既选取了当时楚地民歌的形式，又借鉴了当时蓬勃发展的新体散文笔法，强化了诗的表现力。同时又采用了大量方言口语，使诗的语言生动、形式活泼；比兴夸饰与神话传说的广泛运用，使其具有了强烈的浪漫主义色彩，“较之于《诗》，则其言甚长，其思甚幻，其文甚丽，其旨甚明，凭心而言，不遵矩度”，从此以后“骚”与“诗”并称，成为我国文学史上的两座艺术丰碑。

首先，楚辞的伟大作家屈原爱国主义感情深厚而执着。屈原的爱国主义思想，虽然有其时代的局限性，但两千年来一直给后世以巨大的启发和鼓舞，屈原也因此成了一个不朽的爱国典范。汉初，遭遇和屈原极相似的贾谊，在赴长安任太傅途中经过湘水，凭吊屈原自沉殉国的地方，怀古伤今，写下了《吊屈原赋》，对屈原的不幸遭遇表示了深切的同情和无尽哀思。伟大的文学家、史学家司马迁引刘安语称誉屈原“与日月争光，可也”，并以“屈原放逐，乃赋《离骚》”的精神自勉，从司马迁艰辛的写作过程和苦难的生活经历中，我们可以看出屈原灵魂的再现、精神的闪光。

其次，楚辞卓越的艺术成就对后世文学产生了巨大而深刻的影响。楚辞是我国浪漫主义文学创作的开端，它的出现，大大丰富了我国文学创作的艺术表现力，尤其是对诗歌的发展有着极其重大的意义。“风”“骚”成为古人对诗歌提出的两个最高标准，两千多年来一直体现着两种不同的创作方法和流派。文学史上凡有成就的作家几乎无不受到楚辞作品的影响。王逸说：“自孔丘终没以来，名儒博达之士，著造词赋，莫不拟其仪表、祖式其模范，取其要妙、窃其华藻，所谓金相玉质，百世无匹，名垂罔极，永不刊灭者也”，“屈赋宏博雅丽，为辞赋宗，后世莫不斟酌其英华，则象其从容”。

从形式上看，楚辞打破了《诗经》古朴的四言格式，运用楚国的民间语言和南方歌谣的形式与韵律，创造了一套句法参差灵活的新诗体，是诗歌形体上的一次解放。楚辞作为一种新兴文学体裁在屈原手中圆熟并达到了登峰造极、炉火纯青的地步。“屈原既死之后，楚有宋玉、唐勒、景差之徒者，皆好辞而以赋见长。”宋玉的《九辨》就是刻意学习屈原、继承屈原衣钵的突出例证。据《汉书艺文志》著录屈原等以下作赋者凡66家，771篇，又杂赋12家，233篇，其后经东汉、三国、六朝、唐、宋，楚辞屈赋的直接影响的对象是在汉代特殊的历史环境和特定的文化氛围中应运而生的汉赋。

汉代的赋不论是抒发作者政治见解和身世感慨的骚体赋，还是以描写都邑繁华、宫苑富丽、物产丰饶、汉天子的声色犬马来歌颂在国威势、美化皇帝功业，专以铺采为能事的散体大赋，以及反映现实、讥讽时事、咏物述怀的抒情小赋，从内容到形式以及表现手法都是上承楚辞衣钵的拟骚之作。如贾谊的《吊屈原赋》《鹏鸟赋》，杨雄的《羽猎赋》《长杨赋》班固的《两都赋》《幽通赋》张衡的《二京赋》《归田赋》赵壹的《刺世疾邪赋》，蔡邕的《述行赋》张衡的《鹦鹉赋》以及唐代杜牧的《阿房宫赋》等等，无不与楚辞一脉相袭，而且有的赋文对后世宫怨诗的创作也有启发作用。

楚辞不仅对汉赋影响深刻，对建安诗赋也有一定影响。位居“七子”之首的王粲，他的《登楼赋》情景交融，具有浓郁诗意。在表现手法和语言特色上都颇具楚、汉辞赋之遗风。朱熹引晁补之说：“盖魏赋极此矣！”堪与“三曹”“七子”相比肩的女作家蔡琰的《悲愤诗》《胡笳十八拍》就是仿离骚之作，字字血声声泪，对不幸命运发出了呼天抢地的控诉，诗情汹涌，感人至深。

在赋的体制外，楚辞的比兴手法对后世诗歌有极大的影响。借用香草、虫鱼、鸟兽、风云、雷电等物来寄托诗人的思想感情，形成了“寄情于物”“托物以讽”的表现手法。楚辞宗教色彩浓厚，神话传说特多，更由于诗人善于幻想，使作品充满新鲜怪异的题材。这给后来的作家指出了创作上一个明确的方向，取材于民间文学加工而成的作品，成为文学的新发展，小说在这方面得到很大的成就。

总之，楚辞和它的伟大作家屈原在中国文学发展史上的地位与影响是巨大的。它所开创的浪漫主义创作道路，千百年来一直是一切优秀作家通往理想境界的成功之路。

延伸阅读

Yan Shen Yue Du

楚辞

文化延伸

——与本书内容有关的图书、影视

《诗经》

主要采集者：尹吉甫

研究缩影

是我国第一部诗歌总集，收集了自西周初年至春秋中叶五百多年的诗歌305篇，约成书于春秋时期。先秦称为《诗》，或取其整数称《诗三百》《三百篇》。西汉时被尊为儒家经典，才称为《诗经》，并沿用至今。内容上分为风、雅、颂三部分，其中“风”是地方民歌，有十五国风，共一百六十首；“雅”主要是朝廷乐歌，分大雅和小雅，共一百零五篇；“颂”主要是宗庙乐歌，有四十首。表现手法主要是赋、比、兴。

《屈原》

导演：张今标

主演：王姬 蒋恺 谭非翎 陈思思 霍思燕

地区：内地 年代：2007年

剧情简介：

本剧以屈原几番使齐，几度重用，几次贬官，最终因国灭而沉江的命运为主线，演绎了春秋战国时代群雄纷争，强胜弱败的悲壮故事。公元前316年，秦国欲先灭楚而后鲸吞六国。深得楚怀王重用的屈原，一心致力于改革旧弊，强楚兴邦，秦国不惜重金贿赂以靳尚、南后为首的楚国王公贵族，使屈原陷于孤立，群臣失和。屈原一腔爱国之情，治国方略屡次受挫。由于楚国内政的各种弊端，贵族阶层中的腐败，六国会盟对秦作战最终失败，历史无情地淘汰了楚国。最终屈原也投江自尽。

名家链接

1.宋玉

宋玉(约前298年—约前222年)，又名子渊，崇尚老庄，战国时期鄢(今湖北宜城市)人，楚国文人。后于屈原，一说为屈原弟子。《史记·屈原贾生列传》说他和唐勒、景差，“皆好辞而以赋见称。然皆祖屈原之从容辞令，终莫敢直谏。”曾事楚顷襄王。好辞赋，为屈原之后辞赋家，与唐勒、景差齐名。相传所作辞赋甚多，《汉书·卷三十·艺文志第十》录有赋16篇，今多亡佚。流传作品有《九辨》《风赋》《高唐赋》《登徒子好色赋》等，但后3篇有人怀疑不是他所作。所谓“下里巴人”“阳春白雪”“曲高和寡”“宋玉东墙”的典故皆他而来。《钟祥县志》记载：“宋玉，邑人也，隽才辩给，善属文而识音。”他是历史上著名的美男子，风流倜傥，潇洒干练，反应敏捷，谈吐不凡，所以楚王经常要他陪伴伺候，或游于兰台宫，或游于云梦泽。

2.荀子

荀子（约前313年—前238年），名况，字卿，华夏族（汉族），战国末期赵国人。著名思想家、文学家、政治家，儒家代表人物之一，时人尊称“荀卿”。西汉时因避汉宣帝刘询讳，因“荀”与“孙”二字古音相通，故又称孙卿。曾三次出任齐国稷下学宫的祭酒，后为楚兰陵（位于今山东兰陵县）令。荀子对儒家思想有所发展，提倡性恶论，其学说常被后人拿来跟孟子的‘性善论’比较，荀子对重新整理儒家典籍也有相当显著的贡献。

经典语录

1. 路曼曼其修远兮，吾将上下而求索。

2. 惟草木之零落兮，恐美人之迟暮。

3. 长太息以掩涕兮，哀民生之多艰。

4. 民生各有所乐兮，余独好修以为常。虽体解吾犹未变兮，岂余心之可惩。

5. 身既死兮神以灵，魂魄毅兮为鬼雄。

6. 亦余心之所善兮，虽九死其犹未悔。

7. 吾不能变心以从俗兮，固将愁苦而终穷。

8. 世溷浊而不清：蝉翼为重，千钧为轻；黄钟毁弃，瓦釜雷鸣；谗人高张，贤士无名。

9. 伏清白以死直兮，固前圣之所厚。

10. 举世皆浊我独清，众人皆醉我独醒。

11. 帝子降兮北渚，目眇眇兮愁予。袅袅兮秋风，洞庭波兮木叶下。

12. 与天地兮同寿，与日月兮齐光。

13. 悲莫悲兮生别离，乐莫乐兮新相知。

14. 尺有所短，寸有所长；物有所不足，智有所不明。

15. 善不由外来兮，名不可以虚作。

图书在版编目（CIP）数据

楚辞/（战国）屈原著．—长春：北方妇女儿童出版社，2016.5（2021.2重印）
（中华国学经典全民阅读书库）
ISBN 978-7-5385-9109-5

Ⅰ.①楚… Ⅱ.①屈… Ⅲ.①古典诗歌-诗集-中国-战国时代 Ⅳ.①I222.3

中国版本图书馆 CIP 数据核字（2016）第 077725 号

楚辞
CHUCI

出 版 人　刘　刚
责任编辑　吴　桐
开　　本　710mm×1000mm　1/16
印　　张　13
字　　数　165 千字
版　　次　2016 年 2 月第 1 版
印　　次　2021 年 2 月第 3 次印刷
印　　刷　三河市华晨印务有限公司
出　　版　北方妇女儿童出版社
发　　行　北方妇女儿童出版社
地　　址　长春市净月开发区龙腾国际大厦A座
电　　话　总编办：0431-81629600

定　　价　29.80 元